Schicksalhafter Bund & Ewiger Biss sind fiktive Werke. Namen, Charaktere, Orte und Geschehnisse wurden erfunden. Jegliche Ähnlichkeit mit wirklichen Orten, Ereignissen, oder Personen, lebend oder verstorben, sind zufällig.

Copyright © 2014 - 2023 Tina Folsom

Scanguards® ist ein eingetragenes Markenzeichen.

Alle Rechte vorbehalten.

Große Druckausgabe

Die Amerikanischen Originalausgaben erschienen unter den Titeln *Fateful Reunion* und *Silent Bite*.

Cover design: Leah Kaye Suttle

Autorenfoto: ©Marti Corn Photography

Bücher von Tina Folsom

Samsons Sterbliche Geliebte (Scanguards Vampire – Buch 1)

Amaurys Hitzköpfige Rebellin (Scanguards Vampire – Buch 2)

Gabriels Gefährtin (Scanguards Vampire – Buch 3)

Yvettes Verzauberung (Scanguards Vampire – Buch 4)

Zanes Erlösung (Scanguards Vampire – Buch 5)

Quinns Unendliche Liebe (Scanguards Vampire – Buch 6)

Olivers Versuchung (Scanguards Vampire – Buch 7)

Thomas' Entscheidung (Scanguards Vampire – Buch 8)

Ewiger Biss (Scanguards Vampire – Buch 8 1/2)

Cains Geheimnis (Scanguards Vampire – Buch 9)

Luthers Rückkehr (Scanguards Vampire – Buch 10)

Brennender Wunsch (Eine Scanguards Hochzeit)

Blakes Versprechen (Scanguards Vampire –

Buch 11)

Schicksalhafter Bund (Scanguards Vampire – Buch 11 1/2)

Johns Sehnsucht (Scanguards Vampire – Buch 12)

Ryders Rhapsodie (Scanguards Vampire – Buch 13)

Damians Eroberung (Scanguards Vampire – Buch 14)

Graysons Herausforderung (Scanguards Vampire – Buch 15)

Geliebter Unsichtbarer (Hüter der Nacht – Buch 1)

Entfesselter Bodyguard (Hüter der Nacht – Buch 2)

Vertrauter Hexer (Hüter der Nacht – Buch 3)

Verbotener Beschützer (Hüter der Nacht – Buch 4)

Verlockender Unsterblicher (Hüter der Nacht – Buch 5)

Übersinnlicher Retter (Hüter der Nacht – Buch 6)

Unwiderstehlicher Dämon (Hüter der Nacht – Buch 7)

Ace – Auf der Flucht (Codename Stargate – Band 1)

Fox – Unter Feinden (Codename Stargate – Band 2)

Yankee – Untergetaucht (Codename Stargate –

Band 3)

Tiger – Auf der Lauer (Codename Stargate – Band 4)

Ein Grieche für alle Fälle (Jenseits des Olymps – Buch 1)

Ein Grieche zum Heiraten (Jenseits des Olymps – Buch 2)

Ein Grieche im 7. Himmel (Jenseits des Olymps – Buch 3

Ein Grieche für immer (Jenseits des Olymps - Buch 4)

Der Clan der Vampire (Venedig 1 – 5)

Begleiterin für eine Nacht (Der Club der Ewigen Junggesellen – Buch 1)

Begleiterin für tausend Nächte (Der Club der Ewigen Junggesellen – Buch 2)

Begleiterin für alle Zeit (Der Club der Ewigen Junggesellen – Buch 3)

Eine unvergessliche Nacht (Der Club der Ewigen Junggesellen – Buch 4)

Eine langsame Verführung (Der Club der Ewigen Junggesellen – Buch 5)

Eine hemmungslose Berührung (Der Club der Ewigen Junggesellen – Buch 6)

Sammelband

Schicksalhafter Bund & Brennender Wunsch

Scanguards Vampire

Tina Folsom

AN ALL MEINE WUNDERVOLLEN LESER*INNEN

Danke dafür, dass ihr meine Arbeit unterstützt und mir somit erlaubt, euch mit den fiktiven Welten, die ich erschaffe, zu unterhalten.

Dies ist wahrlich der beste Beruf in der ganzen Welt!

Tina Folsom

Schicksalhafter Bund

Scanguards Vampire - Band 11.5

1

Es war nicht viel los in der V-Lounge, in der die Angestellten von Scanguards sich gerne zwischen ihren Schichten entspannten, sich mit Kollegen austauschten und ein kostenloses Glas Blut zu sich nahmen. Und genau das war es, was Roxanne jetzt brauchte. Etwas, das ihr nach einer schrecklich langweiligen, achtstündigen Patrouille durch Laurel Heights, in der absolut nichts geschehen war, die Unruhe nahm. Patrouillen wie diese bereiteten ihr Unbehagen, gaben ihr fast das Gefühl, sie hätte etwas übersehen.

Sie hatte es viel lieber mit ein paar

Kriminellen zu tun, die sie auf den rechten Pfad zurückbrachte, indem sie sie zu Tode erschreckte, als ohne irgendwelche Vorkommnisse durch die Straßen zu streifen. Wenn sie sich um Verbrecher kümmerte und dafür sorgte, dass diese niemandem etwas antaten, fühlte sie, dass sie einen Zweck erfüllte. Das war der Grund, warum sie sich als Leibwächterin beworben hatte.

Wenn nur Gabriel Giles, ihr Chef und stellvertretender Geschäftsführer bei Scanguards, ihr eine annehmbare Aufgabe geben würde, aber anscheinend war die Auftragslage im Augenblick schlecht. Keine Tagungen in der Stadt, keine Promi-Besuche, keine Bedrohungen. Und deshalb keine zusätzlichen Kunden, was bedeutete, dass jeder Leibwächter, der nicht auf Kundensonderkommando war, patrouillierte.

Und sie hatte den Kürzeren gezogen: Ihr war eine der sichersten Gegenden zugewiesen worden, während junge, weniger erfahrene Leibwächter die interessanten Gegenden wie SOMA oder die Bay View bekamen, Viertel, in denen Action garantiert war. Aber klar,

Amaurys Zwillinge, beide noch in der Ausbildung, waren, beaufsichtigt von erfahrenen Leibwächtern wie John und Haven, jenen Gegenden zugewiesen worden. Wenn das nicht Vetternwirtschaft im Job war, was dann?

Noch immer murrend, bestellte sie ein Glas 0-Negativ an der Bar und sah sich um, als sie Thomas bemerkte. Er winkte ihr von der bequemen Sitzecke vor dem Kamin herüber, sich zu ihm zu gesellen. Oliver, der ihm gegenüber in einem Lehnsessel saß, schaute über seine Schulter.

„Hey, Roxanne", begrüßte Oliver sie.

Sie schnappte sich das Glas Blut von der Bar, bedankte sich nickend beim Barkeeper und ging hinüber zu den beiden Männern. Sie hatte Thomas, den leidenschaftlichen Biker und IT-Genius, der zusammen mit seinem Gefährten Eddie für die IT-Operationen der Firma verantwortlich war, schon immer gemocht.

„Hey Jungs", grüßte sie die beiden und trat nahe an die Lehnsessel. „Was gibt's Neues?"

„Wir haben uns gerade über Wesley

unterhalten", sagte Thomas mit einem Lächeln.

Sie zuckte mit den Schultern. Wesley war nicht unbedingt ihr Lieblings-Scanguards-Kollege. Und die Tatsache, dass er weg war, war ihr ganz recht. „Hmm."

Oliver bemerkte ihr fehlendes Interesse an dem Thema offenbar nicht und sagte: „Ich hoffe, dass es ihm gut geht. Ehrlich gesagt, wünschte ich, dass Samson darauf bestanden hätte, dass er einen von uns zu seinem Schutz mitnimmt. Wir haben keine Ahnung, womit wir es zu tun haben, wenn es um diese Hüter der Nacht geht. Niemand weiß, wer sie sind."

„Haven und Wesley versuchten so viel wie möglich über sie herauszufinden. Aber es gab nicht viel", stimmte Thomas zu. „Alles, was wir wissen, ist, dass sie übernatürliche Geschöpfe sind und dass sie irgendwie durch Portale reisen können."

„So was wie Wurmlöcher?", fragte Oliver.

Thomas zuckte mit den Schultern. „Und wer weiß, was für andere Fähigkeiten sie noch haben."

„Wenn sie uns wohlgesonnen sind, könnten sie für uns von Nutzen sein. Schließlich hat der eine Kerl, dem Wesley nachgejagt war, uns nicht daran gehindert, diese Vampir-Schurken aus dem Verkehr zu ziehen, und er hat uns auch nicht angegriffen", stimmte Oliver zu. „Trotzdem wünschte ich, er hätte einen von uns zu seinem Schutz mitgenommen."

Roxanne meinte spöttisch: „Ich stimme da ganz Samson bei. Warum einen tadellosen Vampir verschwenden, um einen Hexer zu beschützen?"

Thomas zog eine Augenbraue hoch. „Ich hatte keine Ahnung, dass du Wes nicht magst. Er mag dich ganz sicher."

Das hatte sie auch bemerkt, aber ihr Bestes getan, um ihn auf Abstand zu halten. Ihr Kiefer spannte sich an. „Ich habe nichts gegen ihn persönlich."

„Persönlich?", fragte Thomas. „Ich meine, ich weiß natürlich, dass Vampire und Hexen eingeschworene Feinde sind. Alte Fehden und all diese Geschichten. Aber bei Scanguards ist das anders, und ich dachte, dass du das auch so siehst. Schließlich waren es nur Vorurteile, die jene Fehden entstehen ließen. Es ist Geschichte. Wir stehen doch über all dem."

Roxanne schluckte, weil sie wusste, dass gerade Thomas sich am besten mit Vorurteilen auskannte, da er selbst damit konfrontiert gewesen war. Als junger Mann im viktorianischen England war er wegen seiner Homosexualität gemieden worden.

Doch ihre Abneigung gegen Hexen resultierte nicht aus Vorurteilen. Sie wünschte, es wäre so. Dann würde ihr Herz nicht jedes Mal von neuem bluten, wenn sie mit einem Hexer konfrontiert und an ihre Vergangenheit erinnert wurde. Doch das ging niemanden außer ihr etwas an.

„Nun, ich werde ihn nicht vermissen, wenn er nicht zurückkommt."

Oliver schüttelte leicht seinen Kopf. „Denkst du nicht, dass das ein wenig hart ist?" Er tauschte einen Blick mit Thomas aus, bevor er fortfuhr: „Versteh mich nicht falsch. Wes und ich sind mehrmals aneinander geraten, und wir haben unsere Auseinandersetzungen gehabt, aber er ist ein guter Kerl. Wenn es hart auf hart kommt, kann man sich auf ihn verlassen."

Eine eisige Hand umklammerte ihr Herz und drückte es so fest zusammen, dass sie vor

Schmerz aufschreien wollte. „Man kann einem Hexer nicht vertrauen, egal was er sagt." *Egal wie inständig er behauptet, dass er dich liebt.*

„Es tut mir leid das zu hören, Roxanne", sagte Thomas mit nachdenklichem Gesichtsausdruck. Er ließ eine Hand durch sein blondes Haar gleiten. „Wenn du möchtest –"

Das Piepen ihres Handys rettete sie. „Entschuldigt mich." Sie zog es aus ihrer Tasche, blickte schnell darauf und seufzte dann erleichtert, als sie die Textnachricht las. „Gabriel braucht mich. Ich sehe euch Jungs später."

Sie rannte praktisch aus der V-Lounge hinaus und ließ ihr unberührtes Glas Blut auf einem Tisch in der Nähe des Ausgangs stehen. In der Halle nahm sie den Aufzug zum dritten Stock, in dem neue Kunden begrüßt wurden. Als sie aus dem Aufzug heraus trat, stieß sie fast mit Gabriel zusammen, der vom anderen Ende des Korridors kam, wo sich das Treppenhaus befand.

„Oh, da bist du ja", sagte er nickend.

„Es hat sich wichtig angehört."

„Ich glaube, das ist es auch." Die große Narbe, die sein Gesicht vom Ohr bis zum Kinn zierte, schien zu pulsieren. Sein dickes dunkelbraunes Haar war im Nacken zu einem Pferdeschwanz zusammengebunden. Er wies zur Tür eines der kleinen Konferenzräume. „Ich brauche die Intuition einer Frau."

Roxanne seufzte. Großartig, es ging also nicht darum, dass sie einen neuen Kunden übernehmen sollte. Es ging darum, Gabriel einen Rat zu erteilen. Ihre Enttäuschung verdrängend, fragte sie: „Wofür?"

„Ein möglicher Kunde ist an uns herangetreten. Er sagte nicht viel mehr, als dass er Schutz wünscht. Er fordert vier Leibwächter und dass mindestens einer von ihnen eine Frau ist."

„Vier? Wer ist er? Der Präsident der Vereinigten Staaten?", scherzte sie. Sogar prominente Politiker bekamen selten mehr als zwei Leibwächter zugewiesen, es sei denn, dass in ihrem Fall eine ernstzunehmende Bedrohung vorlag.

Gabriel lachte nicht. „Ich habe keine Ahnung, wer er ist. Oder von wo er kam. Eddie ließ sein Profil bereits durch das System laufen …"

„Und?"

„Nichts. Absolut nichts. Als existierte er gar nicht."

„Gut, wenn er nicht existiert, sehe ich nicht, warum er Schutz benötigt." Sie warf einige Strähnen ihres langen rotbraunen Haares hinter ihre Schulter. „Du hast deine Antwort. Lass ihn fallen. Also, wenn das alles war, was du wolltest, dann sehe ich dich später."

„Das ist es nicht, weshalb ich dich hierher gebeten habe."

Roxanne hielt inne und hob eine Augenbraue an. „Was dann?"

Gabriel zeigte auf die Tür. „Ich möchte, dass du mich begleitest, und versuchst, ihn zu durchschauen, während ich ihn weiter interviewe, du weißt schon."

„Seit wann brauchst du mich, um einen Kunden zu durchschauen?"

„Nun, normalerweise würde ich aufgrund der Umstände Wesley mit hinzu bitten." Er zuckte mit den Schultern. „Aber da Wes sich entschieden hat, nach Gespenstern zu jagen, dachte ich, dass die zweitbeste Person eine Frau wäre, deren Intuition scharf wie eine Messerklinge ist."

Bei seinem Kompliment spürte Roxanne, wie sich ihre Brust mit Stolz füllte. Sie wurde hier bei Scanguards wertgeschätzt. Respektiert. Es war etwas, das ihr in der Vergangenheit gefehlt hatte. Aber all das lag hinter ihr. Sie hatte ein neues Leben begonnen, weit weg von ihrem alten. Wenn sie nur ihre Vergangenheit ein für allemal begraben könnte, würde sie glücklich sein, doch trotz der vielen Jahre, die verstrichen waren, drangen gewisse Erinnerungen immer wieder an die Oberfläche.

„Bereit?"

Gabriels Stimme rüttelte sie von ihren Gedanken auf.

„Sicher, geh voraus."

Ihr Chef öffnete die Tür zum Konferenzsaal und ging hinein. Sie folgte ihm und ließ ihre Augen umherschweifen. Ein Mann stand mit dem Rücken zu ihnen und starrte durch das Fenster in die dunkle Nacht hinaus. Roxanne zog die Tür hinter sich zu, atmete ein und erkannte eine Sache sofort: Der Mann war kein Sterblicher, und er war auch kein Vampir. Er war ein Hexer. Kein Wunder, dass Gabriel sich wünschte, dass Wesley hier wäre. Jetzt verstand sie. Anscheinend hatte auch Gabriel kein hundertprozentiges Vertrauen zu Hexen.

„Mr. Dubois", forderte Gabriel den Mann auf. „Wollen wir unser Gespräch fortsetzen?"

„Ich bewunderte gerade die Aussicht", sagte der große Fremde und drehte sich um. „Lassen Sie uns –" Sein Blick schoss zu ihr und seine Worte starben.

Genauso wie alles in Roxannes Inneren. Ihr Herz hörte auf zu schlagen, ihr Atem rauschte aus ihrer Lunge und all ihr Blut gefror in ihren Adern, als wäre sie in einen Bottich flüssigen Stickstoffs gefallen. Möglicherweise wäre dieses Szenario die bessere Wahl gewesen, als *ihm* gegenüber stehen zu müssen. Besser, als sich ihr Herz noch einmal brechen zu lassen.

„Charles." Das Wort fand den Weg über ihre gelähmten Lippen, herausgepresst durch den letzten Hauch der Atemluft, an dem sich ihr Körper versuchte festzuhalten.

2

„Roxanne."

Er hatte sich auf diesen Moment vorbereitet, seitdem er herausgefunden hatte, wo sie jetzt lebte, dennoch traf ihn ihr Anblick unvorbereitet.

Sie zu sehen war wie ein Traum, genauso wie die vielen Träume, in denen sie sich wieder begegneten, in denen er noch einmal in ihre grauen Augen blickte und wieder in ihrem Bann stand. Denn sogar Vampire konnten jemanden verzaubern. Roxanne hatte das vor dreiundzwanzig Jahren getan und seinen Körper und seine Seele gefangen genommen, ihn für jede andere Frau verdorben und ihn jeden Tag und jede Nacht bedauern lassen, was er getan hatte. Was er hatte tun müssen, damit sie alle sicher sein würden.

Nach jener verhängnisvollen Nacht, in der er sie verlassen musste, hatte er absichtlich nicht nach ihr gesucht. Das Schicksal hatte ihm eine Verantwortung in den Schoss gelegt, der er sich nicht entziehen konnte. Doch bald würde er von seiner Pflicht entbunden sein und wäre wieder frei. Dann könnte er versuchen, sich in Roxannes Augen wieder gutzustellen und hoffen, dass sie ihm verzeihen würde.

Roxanne sah genauso aus, wie er sie in Erinnerung hatte. Ihr rotbraunes Haar hing ihr noch immer über ihre Schultern und würde ihre Nippel streicheln, wenn sie nackt wäre. Ihre roten Lippen waren voll und prall und luden ihn zu einem Kuss ein. Sie trug eine enge schwarze Hose, die ihre langen Beine betonte. Er erinnerte sich allzu klar daran, wie sie diese Beine um ihn geschlungen und ihn gedrängt hatte, sie härter zu nehmen. Ihre Vampirkraft war das größte Aphrodisiakum gewesen, das er jemals erlebt hatte. Doch trotz

Roxannes überwältigender körperlicher Kraft waren sie immer einander ebenbürtig gewesen. Denn in seinen Armen war sie weich und empfänglich und schnurrte wie ein zahmes Kätzchen, wann immer er sie zum Höhepunkt brachte. Dies waren die Momente gewesen, als er in ihre Seele gesehen und festgestellt hatte, dass er nie von ihr loskommen würde. Sie hatte sein Herz gestohlen.

Nur jetzt war eben gerade dieses Herz in Gefahr, aus seiner Brust gerissen zu werden, wenn er dem wütenden Ausdruck in Roxannes Augen Glauben schenken konnte.

„Ich sehe, dass eine Vorstellung nicht notwendig ist." Eine implizierte Frage lag in der Stimme des Scanguards-Chefs.

Aber Charles würde seine Schmutzwäsche nicht vor einem Vampir waschen, den er erst eine halbe Stunde zuvor kennengelernt hatte. Diese Sache ging nur ihn und Roxanne etwas an. Nur ihn und die Liebe seines Lebens.

Charles öffnete seinen Mund, doch er bekam keine Gelegenheit, etwas zu sagen.

„Wie wagst du es hier aufzutauchen?"

Es war nicht gerade ein herzliches

Willkommen, nicht dass er ihr das übelnehmen konnte. Doch solche Wut in Roxannes Stimme zu hören und ihre rot glühenden Augen zu sehen, während sie entschlossen auf ihn zuschritt, bedeuteten, dass die Zeit nicht die Wunden geheilt hatte, die er zurückgelassen hatte.

„Du miserabler, falscher, mieser, verlogener Hexer! Und ich habe dir einmal vertraut!" Ihre Augen verengten sich zur selben Zeit wie ihre Fangzähne sich verlängerten und zwischen ihren geöffneten Lippen herausspähten.

Sein Puls schnellte nach oben und sein Herz schlug doppelt so schnell wie sonst, obwohl seine Reaktion nicht durch Furcht hervorgerufen wurde. Er hatte immer ihren Biss geliebt, immer die besondere Verbindung genossen, die er zu ihr spürte, wenn sie ihre Fangzähne in seinen Hals schlug und von ihm trank. Sogar jetzt, während sie sich mit purem Hass, der aus jeder ihrer Poren drang, näherte, konnte er den Schauer nicht unterdrücken, der bei dem Gedanken, ihre Fangzähne ein letztes Mal in seinem Fleisch zu spüren, seine Wirbelsäule hinunter lief. Und wenn er nicht geschworen hätte, sein Versprechen zu halten und seine Aufgabe zu erfüllen, würde er es geschehen lassen. Doch zu viel stand auf dem Spiel, sodass in ihren Armen zu sterben und dafür zu bezahlen, was er ihr angetan hatte, nicht zur Wahl stand.

Er hob seine Hand und sandte einen Luftstoß in ihre Richtung und stoppte so ihr Näherkommen. Roxanne wurde durch die plötzliche Barriere, die er errichtet hatte, zurückgestoßen.

„Tu nichts, was du später bereust, Roxanne", warnte er.

„Ich werde nicht bereuen, dich in Stücke zu reißen, du Bastard!", presste sie heraus und drückte gegen die Barriere.

„Was zum Teufel ist hier los?", unterbrach Gabriel. „Ich verlange eine Erklärung. Sofort!"

Charles blickte flüchtig auf den Vampir mit der Narbe. „Es hat nichts mit Scanguards oder mit meinem Ersuchen um Schutz zu tun."

Roxanne blies einen empörten Atemzug aus. „Damit hast du recht. Du bist die letzte Person, die Scanguards zu beschützen bereit wäre. Du bist es nicht wert! Ich hoffe, dass wer auch immer es ist, vor dem du davonläufst, dich kriegt und dich leiden lässt." Sie presste ihren Kiefer zusammen, als wollte sie sich an den letzten Rest ihrer Selbstkontrolle klammern.

„Denkst du nicht, dass das ein wenig schroff ist, Darling?"

Sie sprang ihn an und dieses Mal entglitt ihm seine Konzentration und die Barriere, die er errichtet hatte, zerbröckelte – oder möglicherweise ließ er sie zerbröckeln. Roxanne durchbrach die unsichtbare Wand und schlug ihn mit solcher Wucht gegen das Fenster, dass er überrascht war, dass es nicht brach oder zumindest einen Sprung bekam. Kugelsicher, registrierte er kurz, bevor Roxanne ihn hochhob und durch den Raum schleuderte, sodass er gegen die Wand knallte und darin eine Delle hinterließ, bevor er auf den Boden stürzte.

Sie stürmte wieder auf ihn zu, kam aber nicht weit. Ihr Chef schnappte sie von hinten und hielt sie davon ab, noch mehr Schaden anzurichten.

„Das reicht, Roxanne!", befahl Gabriel und hielt sie mit eisernem Griff am Oberarm fest.

Ihr Kopf schnellte zu ihrem Chef und jetzt entlud sich ihr Ärger an ihm. „Du kannst ihn nicht als Kunden annehmen. Er ist es nicht wert. Was auch immer er sagt, wird eine Lüge sein. Du kannst ihm nicht vertrauen."

„Das wird sich noch herausstellen." Gabriel winkte ihm zu. „Was haben Sie dazu zu sagen, Mr. Dubois?"

„Sein Name ist nicht Dubois", unterbrach Roxanne. „Und er benötigt keinen Schutz. Nicht wahr, *Darling*?"

Ihr letztes Wort war ein reines Knurren, obwohl ein kleiner Hoffnungsschimmer in seiner Brust sich traute aufzukeimen – eine Brust, die jetzt schmerzte, als er versuchte aufzustehen. Unfreiwillig ächzte er und stützte sich an der Wand ab. Soweit er es beurteilen konnte, hatte er eine oder zwei Rippen gebrochen, möglicherweise drei. Nichts, was ein kleiner heilender Zauberspruch später nicht reparieren konnte.

Charles hob seine Hand. „Ich bin nur froh,

dass du nicht deine persönliche Note verloren hast, *Darling*." Er sah Gabriel an. "Und sorgen Sie sich nicht, ich habe nicht die Absicht, Ihre Firma wegen des Angriffs zu verklagen." Er hob einen Mundwinkel an und versuchte ein gelassenes Lächeln. "Wie Sie sehen können, Mr. Giles, benötige ich tatsächlich Ihre Dienstleistungen. Man weiß nie, woher der nächste Angriff kommt."

Roxanne knurrte wie ein eingesperrtes Tier. Und verdammt, wie ihn das anmachte. Er war ein kranker Hurensohn, wenn er sich nach noch mehr schlechter Behandlung von ihr sehnte. War er so ausgehungert nach ihrer Berührung, dass ihm sogar ihre Schläge recht waren, nur um ihre Hände wieder auf sich zu spüren?

"Bleib ruhig, Roxanne", befahl Gabriel und warf einen strengen Blick auf sie.

"Du wirst diesem Bastard doch nicht zuhören, oder?" Sie schüttelte ihren Kopf; Ungläubigkeit breitete sich auf ihrem Gesicht aus. "Das kann nicht dein Ernst sein! Du hast mich um meine Meinung gebeten. Ich habe sie dir gegeben. Er ist bis ins Innerste verdorben. Komm nicht mit ihm ins Geschäft. Du wirst es nur bereuen. Das werden wir alle."

„Vielleicht können wir dies auf eine zivilisiertere Art besprechen", schlug Gabriel vor, obwohl er mit den Zähnen knirschte und offenbar nicht so ruhig war, wie er vorgab.

Roxanne stemmte ihre Hände in die Hüften. „Es gibt nichts zu besprechen."

„Offenbar gibt es sehr viel zu besprechen", meinte Gabriel.

„Mr. Giles", unterbrach Charles. „Ich kann Ihnen versichern, dass, obwohl Roxanne und ich dieser Tage nicht so gut zurechtkommen –"

„Ich würde das eine Untertreibung nennen", unterbrach Gabriel gelassen.

„Sei es wie es ist, ich bin nur hier hergekommen, um Ihre Dienstleistungen in Anspruch zu nehmen. Ich habe nicht die Absicht, irgendjemandem von Ihnen Schaden zuzufügen."

„Lügner!" Roxanne starrte ihn wütend an, dann wandte sie sich direkt an ihren Chef. „Wenn du ihn als Kunde annimmst, dann werde ich –"

„Roxanne!", warnte Gabriel.

Aber ihr Chef hätte es besser wissen sollen. Verdammt, selbst nach dreiundzwanzig Jahren kannte Charles sie noch besser als jeder andere. Zu viele Männer hatten Roxanne ihr Leben lang gesagt, was sie zu tun oder nicht zu tun hatte. Und er konnte es ihr jetzt ansehen: Sie war im Begriff auszurasten.

„Ich kündige!"

Ah, Scheiße! Er hatte erwartet, dass sie etwas Überstürztes tun würde, aber kündigen? Wegen ihm? Das war nicht Teil seines Plans.

„Du kannst nicht einfach kündigen!", rief Gabriel aus. „Warte in meinem Büro auf mich. Wir sprechen noch."

„Ich habe nichts zu sagen!", schrie Roxanne, stürmte zur Tür und riss sie auf. „Ich habe genug!" Sie stürmte hinaus und schlug die Tür so fest hinter sich zu, dass die Glasschale auf dem Konferenztisch klapperte.

Für einige Momente war es still im Konferenzraum. Charles schloss seine Augen und nahm einen tiefen Atemzug. Mit ihm erweiterten sich seine Lungenflügel und drückten gegen seine Rippen und der Schmerz schoss durch seine Brust.

„Scheiße!"

Gabriel machte ein paar Schritte in seine Richtung, aber Charles hob seine Hand. „Ich bin okay. Es sind nur ein paar gebrochene Rippen." Er zwang ein Lächeln auf seine Lippen. „Obwohl ich nichts dagegen hätte, wenn wir unser Gespräch im Sitzen fortsetzen würden."

Gabriel deutete auf einen Stuhl.

Dankbar setzte Charles sich und beobachtete seinen Gastgeber dabei, wie dieser dasselbe tat.

„Sie werden mir vermutlich nicht sagen, was das gerade war, oder?", fragte Gabriel.

Er ließ sich Zeit mit der Antwort. „Nein."

„Dachte ich mir. Also, wie kann ich Ihnen helfen?"

„Wie ich bereits sagte, möchte ich vier Leibwächter. Und ich möchte, dass einer von ihnen Roxanne ist." Dieser Teil war entscheidend. Es war die einzige Möglichkeit, sie dazu zu zwingen, in seiner Nähe zu sein, um ihm die Gelegenheit zu geben, alte Wunden zu heilen.

„Möglicherweise hat Ihr Gehör Schaden

genommen, als Roxanne Sie gegen die Wand warf, da Sie offensichtlich nicht mitbekommen haben, dass sie gerade gekündigt hat."

Charles lachte leise. „Dann kennen Sie Roxanne nicht sehr gut."

Der Scanguards-Chef hob eine Augenbraue hoch und faltete seine Hände. „Klären Sie mich auf."

Charles deutete mit dem Daumen in Richtung Tür. „Das war nur ihre Art, mir zu sagen, dass sie mich noch liebt."

„Hmm. Ich glaube, es ist an der Zeit, dass ich meine Frau rufe, da Sie medizinische Hilfe benötigen. Es scheint, dass Sie neben Ihren gebrochenen Rippen auch noch eine Gehirnerschütterung haben."

„Glauben Sie mir, Mr. Giles, mit meinem Gehirn ist alles in Ordnung."

Obwohl er nicht das gleiche von seinem Verstand behaupten konnte, denn den hatte er offenbar komplett verloren.

3

Dreiundzwanzig Jahre vorher

Roxanne blickte nochmals in den Hotelkorridor, zuerst links, dann rechts. Er war leer. Dann klopfte sie an die Tür. Diese öffnete sich sofort. Charles zog sie in den Raum und schloss die Tür hinter ihr.

Seine Lippen waren einen Moment später auf ihren und küssten sie mit der gleichen Sehnsucht, die sie während der langen Nächte, die sie getrennt gewesen waren, versucht hatte zu unterdrücken. Sie schlang ihre Arme um ihn und spürte einen besitzergreifenden Drang in sich aufwallen, obwohl das, was sie taten, falsch war. Falsch in so vieler Hinsicht. Denn eine Vampirin sollte niemals einen Hexer lieben. Aber sie konnte ihrem Herz nicht befehlen, aufzuhören ihn zu lieben, egal welche Konsequenzen es hatte. Charles stellte alles dar, was sie sich jemals in einem Mann gewünscht hatte: Stärke, Integrität und Güte.

Als Charles schließlich ihre Lippen freigab, atmeten sie beide heftig.

Er drückte seine Stirn an ihre. „Hat dich jemand gesehen?"

„Ich war vorsichtig. Ich habe gewartet, bis Silas und seine Männer gegangen sind." Sie schauderte innerlich. Sie wusste nur zu gut, dass, wann immer Silas und seine bunt zusammengewürfelte Horde von sadistischen Vampiren das Lager verließen, sie es taten, um Verwüstung anzurichten. Und sie steckte mittendrin gefangen.

„Gut."

„Aber ich habe nicht viel Zeit." Sie musste zurück sein, bevor die Männer wiederkamen und bemerkten, dass sie fort war, oder Silas würde Verdacht schöpfen und jemanden abstellen, um ein Auge auf sie zu haben.

„Ich weiß, Baby", murmelte Charles und beschäftigte sich damit, ihr Oberteil hochzuschieben und es über ihren Kopf zu ziehen. Kühle Luft blies an ihre erhitzte Haut und verschaffte ihr die dringend benötigte Erleichterung. „Aber ich brauche dich. Es ist schon zu lange her."

Roxanne knöpfte bereits sein Hemd auf. Auch sie wollte keine Zeit verlieren. Sie hatten immer nur diese gestohlenen Momente und wussten, wie sie am meisten daraus machen konnten.

Es dauerte nur wenige Momente, bis sie beide nackt waren. Charles manövrierte sie zu dem großen Bett, wo die Bettdecke bereits zurückgeschlagen war. Als Roxanne das weiche Laken unter ihrem Rücken und Charles' nackten Körper auf sich spürte, seufzte sie vor Zufriedenheit.

Sie liebte seinen durchtrainierten Körper, seinen schlanken Torso, seine muskulösen Oberschenkel. Und sein Gesicht, das von kurzem, dunklem Haar eingerahmt war, sein kräftiges Kinn, seine vollen Lippen und seine gerade Nase. Aber am allermeisten liebte sie seine schokoladenfarbenen Augen. Sie repräsentierten alles Gute in ihm: Er war ein Mann von Ehre.

„Charles, ich brauche dich", murmelte sie gegen seinen Hals. „Bitte nimm mich."

Er hob seinen Kopf und strich mit seinen Fingern durch ihr Haar. „Ich brauche dich genauso sehr. Aber ich möchte nichts übereilen. Du verdienst mehr. Verdammt, du verdienst so viel mehr als dieses Tier –"

Sie legte einen Finger auf seine Lippen. „Lass uns nicht über ihn sprechen. Du weißt, dass ich ihn nicht verlassen kann. Ich weiß zu viel über seine Machenschaften. Er kann es sich nicht leisten, mich am Leben zu lassen."

Schmerz leuchtete in Charles' Augen auf. Dann brannte eine der Nachttischlampen durch.

„Charles!", drängte sie ihn, da sie wusste, dass seine Magie daran Schuld hatte. Sie hatte vor seiner Zauberkraft keine Angst, obwohl sie keinen Schutz gegen sie hatte. „Bitte, du musst dich unter Kontrolle haben." Oder sie würden womöglich Aufmerksamkeit auf sich ziehen. Und das war etwas, das sie sich nicht leisten konnten. Es war einer der Gründe, warum sie sich immer an verschiedenen Orten trafen, nie in Charles' Haus, aus Angst, dass ihr eines Tages jemand folgen könnte.

„Wie könnte ich das?", presste er heraus. „Wenn du bei ihm bist, fürchte ich um dein Leben. Verstehst du nicht, was das mit mir anstellt?" Er rollte sich von ihr herunter und starrte zur Decke hoch. „Wir können nicht länger so weitermachen."

Sie setzte sich abrupt auf. „Willst du damit sagen, dass du mich verlässt?" Ein Schluchzen bahnte sich einen Weg durch ihre Brust nach oben, doch bevor es über ihre Lippen rollen konnte, hatte Charles sich bereits aufgesetzt und ihre Schultern erfasst.

„Warum würdest du das denken? Wie könnte ich dich jemals verlassen? Ich liebe dich, Roxanne! Mehr als mein Leben."

Obwohl seine Worte eine Erleichterung für sie waren, trug sein gequälter

Gesichtsausdruck nicht dazu bei, ihre Besorgnis zu lindern. „Was dann?"

„Wir müssen von hier weg. Zusammen."

„Aber er lässt mich nicht gehen."

„Du wirst ihn nicht um Erlaubnis bitten."

„Er wird mich jagen."

„Nicht, wenn er glaubt, dass du tot bist."

Ihr Herzschlag beschleunigte sich. „Oh mein Gott, was hast du vor?"

Er strich mit seiner Hand über ihre Wange und sah ihr tief in die Augen. „Ich habe alles genau durchdacht. Es ist der einzige Weg für uns, zusammen zu sein. Wir müssen deinen Tod inszenieren."

„Aber wie?"

„In zwei Nächten werde ich dafür sorgen, dass Silas von einem Informanten erfährt, dass leichte Beute auf ihn wartet. Er und seine Männer werden das Lager verlassen. Das ist der Zeitpunkt, wann du handeln wirst."

Roxanne biss sich auf ihre Lippe, Sorge breitete sich in ihr aus. Sich einem so teuflischen Mann wie Silas in den Weg zu stellen, kam dem Unterzeichnen ihres eigenen Todesurteils gleich. „Wenn etwas schiefgeht, wird er mich jagen wie einen Hund. Ich sollte ihn einfach töten."

„Nein!" Charles schrie das Wort fast heraus. „Das sind wir doch bereits durchgegangen. Sicher, es wäre dir vielleicht möglich, ihn zu töten. Aber seine Männer würden dich abschlachten. Du würdest niemals lebend dort herauskommen. Ich werde nicht zulassen, dass du das versuchst. Ich würde eher selbst hineingehen und ihn töten."

Tränen quollen in ihren Augen hoch. „Du weißt, dass du nicht nahe genug an ihn herankommen wirst. Seine Männer werden dich trotz deiner Zauberkraft spüren, oder vielleicht auch wegen ihr. Sie hätten die Oberhand. Sie würden dich töten, nur weil sie es könnten. Und wenn sie das tun, dann weißt du, dass ich nicht untätig bleiben würde. Du weißt, dass ich versuchen würde, sie zu stoppen. Und dann würden wir beide sterben. Wir würden nie lebend davonkommen, wenn wir versuchen, Silas zu töten."

„Dann haben wir keine andere Wahl. Wir müssen sichergehen, dass Silas denkt, dass du tot bist. Wir werden dafür sorgen, dass dein

Tod glaubhaft ist. Da ein Vampir keinen Körper, sondern nur Staub zurücklässt, wird es einfach sein. Nimm deinen Schmuck ab und lege ihn in deinem Zimmer zusammen mit deinem Handy auf den Fußboden. Lass es so aussehen, als hätte es einen Einbruch gegeben. Lege einen blutbeschmierten Pflock auf den Boden und verstreue Staub an der Stelle."

„Das wird er nie glauben. Das Lager ist sicher. Niemand kann eindringen. Silas hat dafür gesorgt."

Charles schüttelte seinen Kopf und stand auf. Er griff nach seiner Jacke, die über dem einzigen Sessel im Raum drapiert war. „Wenn es Beweise für Hexerei gibt, wird Silas glauben, dass eine Hexe einen Zauberspruch verwendete, um hineinzukommen und dich zu töten." Er zog ein Amulett aus der Innentasche der Jacke heraus und zeigte es ihr.

„Was ist das?"

„Es ist ein Schutzstein für Hexen. Viele Hexen tragen so etwas. Reiß es von dem Lederband und wirf es auf den Boden in deinem Zimmer. Lass es so aussehen, als hättest du mit einer Hexe gekämpft. Wenn Silas den Stein findet, hat er den Beweis, dass du von einer Hexe getötet wurdest. Er wird nicht versuchen, dich zu finden. Er wird zu beschäftigt sein, sich an den Hexen zu rächen."

„Aber wird das nicht sämtliche Hexen in dieser Stadt in Gefahr bringen?"

Charles seufzte und legte das Amulett auf den Nachttisch, bevor er sich wieder zu ihr auf das Bett gesellte. „Es gibt bereits einen offenen Krieg zwischen Vampiren und Hexen. Dies wird nichts daran ändern. Es wird die Beziehung zwischen den beiden Spezies nicht mehr belasten, als es bereits der Fall ist. Was es aber tun wird, ist dich zu befreien. Du weißt das. Tief in dir weißt du, dass dies unsere einzige Chance ist. Wir können keine Hilfe von meinen Mithexen erwarten. Sie würden dich nie akzeptieren. Sie würden dich auf Anhieb töten. Wir sind auf uns selbst gestellt. Nur du und ich."

„Bist du wirklich bereit, das alles für mich aufzugeben?"

Er lächelte. „Oh, Roxanne, was würde ich

denn aufgeben? Du weißt, dass ich nicht Teil eines Hexenclans bin. Ich habe ihre drakonischen Regeln noch nie gemocht und ihre vorgefassten Ideen davon, was gut und was schlecht ist und wer die Guten und wer die Bösen sind. Schau uns beide an." Er schob seine Hand unter ihr Kinn und strich mit seinem Daumen über ihren Kiefer. „Haben wir nicht bewiesen, dass es keinen Krieg und keinen Hass zwischen unseren Spezies geben muss? Haben wir nicht bewiesen, dass es Liebe geben kann?"

Tränen stiegen in ihre Augen. „Ich habe Angst, Charles."

„Hab keine Angst." Charles drückte einen zarten Kuss auf ihre Lippen.

Er zog sie näher heran und schlang seine Arme um ihren nackten Oberkörper. „Wir werden eine Zukunft haben. Zusammen. Wir werden frei sein. Möchtest du das nicht?"

„Doch."

„Dann vertrau mir."

Ihre Augen verschmolzen mit seinen und in ihnen sah sie ihre Liebe zu ihm sich widerspiegeln. „Ich vertraue dir."

Er lächelte sie an. „Sag mir, dass du mich liebst."

„Ich liebe dich."

„Genug, um die Ewigkeit mit mir zu verbringen?"

„Die Ewigkeit?", fragte sie und leckte ihre Lippen. Sie wusste, was das bedeutete.

„Ja, als blutgebundenes Paar. Denn der Gedanke, dass du jemals eine andere Person beißt, macht mich rasend." Und als ob seine Aussage dadurch unterstrichen würde, flackerten die Lichter im Raum – so als reagierten sie auf die Kraft in ihm. „Ich möchte, dass das einzige Blut, das du trinkst, meines ist."

„Charles ..." Ihr Blick wanderte zu seinem Hals, wo eine dicke Vene pulsierte. Sie konnte das Schlagen seines Pulses hören, sein reichhaltiges Blut riechen. Das Blut eines Hexers. Die meisten Vampire hassten den Geschmack von Hexenblut, aber nicht sie. Sie liebte es. Liebte es, ihn zu kosten, von ihm zu trinken. Ebenso, wie sie die Art liebte, wie er auf ihren Biss reagierte. Sie hatte noch nie zuvor einen Mann so leidenschaftlich und hemmungslos erlebt. „Mein Liebster." Sie ließ ihre Hand durch sein dichtes, dunkles Haar streifen und zog ihn näher. „Als könnte ich jemals das Blut eines anderen Mannes trinken."

Erregung flackerte in seinen Augen auf. Er hob seine Hand an ihr Gesicht und strich mit seinem Daumen über ihre Unterlippe. „Zeig sie mir."

Roxanne öffnete ihre Lippen und verlängerte ihre Fangzähne.

„Gott, bist du schön", flüsterte Charles und drückte sie wieder zurück auf das Laken, indem er sich über sie rollte.

Sie spreizte automatisch ihre Beine und spürte seine Erektion gegen ihren Schenkel reiben. Sie liebte auch das an ihm – dass er so schnell so hart wurde. Es gab ihr das Gefühl, begehrt zu werden.

„Ich liebe dich, Roxanne."

In ihre Augen blickend, tauchte er in sie ein, sein dicker Schaft füllte sie und dehnte sie aus. Der erste Kontakt war immer so: atemberaubend, erregend, fesselnd. Und jedes Mal sehnte sie sich mehr danach. Sehnte sie sich mehr nach *ihm*. Sie hatte Silas nie so geliebt. Nicht einmal, bevor sie herausgefunden hatte, wie teuflisch er war.

Charles jedoch … In ihm hatte sie ihren Seelengefährten gefunden. Er war der einzige Mann, der sie wirklich verstand und jedes ihrer Bedürfnisse erfüllte. So wie er es jetzt tat.

Seine Bewegungen waren zuerst langsam, fast neckend. Sie schlang ihre Beine um seine Oberschenkel und zog ihn näher in ihre Mitte.

Charles lachte leise bei ihrem Versuch, ihn dazu zu drängen, schneller und härter in sie einzudringen. „Du kleine Füchsin. Du denkst, du kannst deine Vampirkraft verwenden, um mich zur Eile zu drängen?" Er lachte. „Kannst du nicht."

Bevor sie überhaupt bemerkte, was er im Begriff war zu tun, spürte sie etwas Enges um ihre Handgelenke. Ihre Augen schossen zu ihnen, aber es war nichts zu sehen. Dennoch zogen unsichtbare Ranken ihre Hände zurück, bis sie an beiden Seiten ihres Kopfes zum Liegen kamen, als hielte sie jemand fest. Charles verwendete Zauberei, damit sie seinen Wünschen Folge leistete.

„Wie niederträchtig", murrte sie, obwohl sie ein Lächeln nicht unterdrücken konnte, auch wenn ihre Hände jetzt durch unsichtbare Seile gefesselt waren. Seile, die nicht einmal ihre Vampirkraft zerreißen konnte.

„Jetzt sei ein braves Mädchen und lass mich dich auf die Art und Weise lieben, wie du es verdienst. Langsam und zärtlich."

„Warum glaubst du, dass ich das verdiene?"

„Weil du mich vergessen lässt, warum Hexen Vampire hassen, und weil du gezeigt hast, was du wirklich bist: eine Frau mit einem guten und großzügigen Herzen. Und weil ich nicht ohne dich leben kann."

Sie fühlte die Feuchtigkeit, die sich in ihren Augen sammelte, während sie ihn anstarrte.

„Siehst du", flüsterte er und seine Finger streichelten zart an ihrem Hals entlang, hinunter zu ihrem Nippel, wo sie über die harte Knospe rieben. „Das ist die Frau, die ich liebe. Die Frau, die sich mir hingibt, wenn ich mich ihr hingebe."

Langsam löste er den Blickkontakt und senkte seinen Kopf zu ihrem Busen, nahm die

Spitze ihrer Brust gefangen und leckte mit seiner Zunge darüber. Ein unterdrücktes Stöhnen entkam ihrer Kehle und prallte gegen die Wände des Hotelzimmers.

„Dann gib dich doch hin", verlangte sie.

„Tue ich ja." Er sog stärker, während er ihr Fleisch mit seiner Hand knetete.

Weiter unten fingen seine Hüften an sich zu bewegen, und er zog seinen Schwanz zurück, bevor er wieder in sie hineinglitt.

„Ich gebe mich dir hin", wiederholte er, während er tiefer und härter in sie eintauchte.

Plötzlich spürte sie, wie die Fesseln an ihren Handgelenken sich lösten, und sie verlor keine Zeit und schlang ihre Arme um seine Schultern, um ihn näher an sich zu ziehen. Dies ließ ihn wieder in sie hineinstoßen. Und nochmals.

„Ja", rief sie aus und bäumte sich ihm entgegen.

„Fuck, Baby! Wenn du das machst, komme ich zu schnell."

„Das ist mir egal!" Alles, was sie brauchte, war zu spüren, dass er in ihr erschauderte, damit sie wusste, dass alles gut werden würde. „Liebe mich einfach."

„Immer, meine Liebste, immer."

Sie begrüßte es, als er anfing, in sie zu stoßen, als er seinen Schwanz noch tiefer in sie trieb, als sie dachte, dass es möglich wäre. Die Geräusche ihres Liebesspiels wurden in dem kleinen Raum des schmuddeligen Hotels noch verstärkt. Stöhnen und Seufzer hallten an den Wänden wider. Aber Roxanne konnte auch andere Geräusche hören, Geräusche, die Charles' Hexengehör nicht hören konnte: das Geräusch ihrer Herzschläge, wie sie ungestümer trommelten und mit jeder Sekunde schneller und lauter schlugen.

Sie spürte das Vergnügen in ihrem Körper ansteigen, die Wellen ihres sich nähernden Orgasmus stärker werden, und sie wusste, dass es Zeit war.

Sie schob ihre Hand in sein Haar und zog ihn an sich. Seine Augen funkelten in Erwartung und er neigte seinen Kopf und bot ihr an, was sie beide wollten. Diese besondere Verbindung, die nur der Biss eines Vampirs auslösen konnte.

Unter ihrer Handfläche fühlte sie ihn erbeben.

„Oh Gott, ja", stöhnte er und brachte sie dazu, ihn noch mehr zu wollen, weil er sich ihr so völlig hingab. Ohne Zurückhaltung, ohne Bedauern.

Ihre Fangzähne juckten und sie brachte sie an seine Haut. Sie leckte darüber, schmeckte das Salz seines sauberen Schweisses und spürte die bebende Vene darunter. Unfähig, eine Sekunde länger zu widerstehen, fuhr sie die scharfen Spitzen ihrer Fangzähne in seinen Hals und saugte an der prallen Vene.

Reichhaltiges Blut füllte ihren Mund, während weiter unten Charles' Schwanz zuckte und sein Samen in sie schoss. Sie schluckte das Blut ihres Liebhabers und während es ihre Kehle hinunterlief, zuckte ihr gesamter Körper und ihr Orgasmus brach wie eine Flutwelle, so hoch wie ein Wolkenkratzer, über ihr zusammen. Gemeinsam ritten sie den Kamm der Welle, schwammen in einem Ozean der Ekstase.

Nichts hatte sich je so richtig angefühlt. So

gut. So perfekt. Genauso wie ihre Zukunft perfekt sein würde.

Sie glaubte es damals, in jenem Moment. Glaubte es mit ihrem ganzen Herzen. Ihrer Seele. Ihrem Leben.

Doch ihr Vertrauen in ihn war zwei Tage später vollkommen vernichtet worden.

4

Heute

Nachdem sie schlecht geschlafen und noch schlechter geträumt hatte, schaltete Roxanne ihr Handy ein und setzte sich im Bett auf. Sie hatte eine Mitteilung von der Scanguards-Personalabteilung erhalten. Sie behaupteten, dass Roxanne für ein Austrittsgespräch ins Büro kommen müsste, damit sie ihren letzten Gehaltsscheck freigeben könnten. Natürlich glaubte sie das nicht eine einzige Sekunde lang. Dennoch verließ sie das Bett in Richtung Dusche und wunderte sich, warum Gabriel sich überhaupt die Mühe machte zu versuchen, sie dazu zu bewegen, ihre Kündigung zurückzunehmen. Es war reine Zeitverschwendung.

Eine Stunde später betrat sie das Mission-Hauptquartier. Sie wurde in Gabriels Büro geführt. Doch er war nicht alleine. Er hatte ein schweres Geschütz aufgefahren: Samson.

Der Inhaber von Scanguards, ein gut aussehender Vampir mit rabenschwarzem Haar, haselnussfarbenen Augen und dem Ruf, fair *und* hart zu sein, deutete auf einen Stuhl. „Nimm Platz, Roxanne."

Sie verschränkte die Arme vor ihrer Brust. „Ich bleibe nicht lange."

Samson nickte, ein nachdenklicher Ausdruck auf seinem Gesicht. „Dann werde ich mich kurz fassen." Er stand von seinem Stuhl auf und kam näher. „Du bist Teil unserer Familie."

Wo hatte sie das schon mal gehört? Oh ja, Silas. Er hatte ständig so etwas gesagt, obwohl den Worten aus Samsons Mund der drohende Unterton fehlte, den Silas gewöhnlich anschlug, um diese in eine Drohung zu verwandeln.

„Du bist seit über zwanzig Jahren bei uns und wir alle sind angetan von dir." Er lächelte. „Die Mädchen schauen alle zu dir auf."

„Vanessa möchte wie du sein", warf Gabriel ein und verwies auf seine siebzehnjährige Tochter. „Was soll ich ihr sagen, wenn sie herausfindet, dass du uns verlässt?"

Samson zeigte mit dem Daumen über seine Schulter in Richtung Gabriel. „Er hat genug damit zu tun, seine Kinder unter Kontrolle zu halten. Wir werden hier einen Aufstand haben und sie werden uns die Schuld geben, wenn du uns verlässt."

„Ihr übertreibt." Es war nicht so, dass sie nicht auch vernarrt in die jungen Hybriden war, die Kinder ihrer Chefs und Kollegen, die halb Vampir, halb Mensch waren, doch es gab wichtigere Dinge. Sie konnte nicht in der gleichen Stadt wie Charles sein. „Sie sind jung. Sie werden darüber hinwegkommen."

„Wirst du darüber hinwegkommen?"

Sie presste ihren Kiefer zusammen, sehr wohl wissend, worauf er anspielte. „Ich bin stärker, als du glaubst." Sie hatte einen verheerenden Verrat überlebt, sie würde auch das überleben.

Gabriel erhob sich von seinem Stuhl und trat neben Samson. „Und genau das ist der Grund, warum wir dich brauchen. In der Tat bist du die einzige Person, die uns in diesem Fall helfen kann."

Sie starrte Gabriel an. „Ich habe dir bereits erklärt, dass ich nichts mit diesem hinterhältigen Hexer zu tun haben will. Und ihr solltet euch auch nicht mit ihm abgeben! Er wird euch nur betrügen."

„Ich fürchte", sagte Samson ruhig, „wir haben keine Wahl. Wir können es uns nicht leisten, diesen Auftrag abzulehnen."

Roxanne machte ein finsteres Gesicht. „Hast du nicht genug Geld? Wie gierig –"

„Es geht nicht um Geld", unterbrach Samson mit schärferem Ton. „Weit gefehlt. Wir haben Grund zur Annahme, dass Mr. Dubois uns belügt."

„Sein Name ist nicht Dubois, sondern Whedon. Und ich sagte Gabriel bereits, dass er lügt. Warum würdet ihr überhaupt in Betracht ziehen, seinen Auftrag anzunehmen?" Hatten ihre Chefs das nicht kapiert? Sie waren doch normalerweise nicht so begriffsstutzig.

„Die Tatsache, dass er lügt, oder vielmehr, dass er uns nicht sagt, warum genau er diesen besonderen Schutz benötigt, ist der Grund, warum wir diese Aufgabe annehmen müssen", erklärte Samson und tauschte einen Blick mit Gabriel aus. „Wir haben mit Haven und Katie gesprochen."

Roxanne zuckte verwirrt mit den Schultern. „Was haben Haven und Katie damit zu tun?"

„Neben Wes haben sie die meiste Erfahrung mit Hexen und deren Spielchen. Sie teilen unseren Verdacht."

Roxanne stemmte ihre Hände in die Hüften, mittlerweile ungeduldig. „Kannst du zum Punkt kommen?"

„Wir glauben, dass sich in der Hexenwelt etwas zusammenbraut, und wollen dafür sorgen, dass es nicht in unsere Welt überkocht. Nenn es Vorsicht. Nenn es einen präventiven Schachzug. Aber wir müssen herausfinden, wozu er in der Stadt ist."

Unfreiwillig schüttelte Roxanne den Kopf. „Oh nein. Ganz sicher nicht. Ihr werdet mich nicht benützen, um Einblick in diesen Schurken und seine Hexenscheiße zu bekommen."

Samson machte einen Schritt auf sie zu. „Bitte, Roxanne. Ich weiß, dass du das kannst."

„Aber ich werde es nicht tun. Ich möchte nicht einmal in der gleichen Stadt sein wie dieser Bastard, ganz zu schweigen davon, im gleichen Raum, seinen nutzlosen Arsch zu beschützen."

Als Samson ansetzte, um weiterzusprechen, warf Gabriel ein: „Wenn ich etwas sagen darf." Dann betrachtete er sie. „Nachdem du gegangen warst, sagte Dubois, äh, ich meine Whedon, dass er glaube, dass du ihn noch liebst und –"

„Dieses verdammte nutzlose Stück –"

„– doch was ich daraus schließe, ist, dass *er dich* noch liebt. Wenn irgendjemand ihm nahekommen kann, bist das du."

Das ließ sie verstummen. Sie starrte Gabriel an, unfähig, einen zusammenhängenden Satz zu formulieren. Sekunden verstrichen, dann schüttelte sie ihren Kopf. Nein, Charles liebte sie nicht.

Wenn er das täte, dann hätte er sie nicht verraten.

„Hier ist der Plan: Du wirst die Leitung des Einsatzes übernehmen. Wir schicken dir Unterstützung, sobald Quinn die Einsatzpläne geändert und ein paar Mitarbeiter umgeschichtet hat. In der Zwischenzeit wirst du beginnen, dir die Situation anzusehen, um festzustellen, ob sie an einen sichereren Ort gebracht werden müssen."

„Sie?", fragte sie.

„Ja, er und seine Begleiterin; sie heißt Ilaria Dubois. Sie ist es, für die er Rund-um-die-Uhr-Schutz verlangt."

Roxannes Herz setzte aus. Charles hatte eine Frau mitgebracht? „Lass mich das noch mal klarstellen: Ihr wollt, dass ich Charles und seine Frau beschützen soll, und –"

„Wir wissen nicht, ob sie seine Frau ist", unterbrach Samson.

„Oh, bitte!", zischte Roxanne. „Warum sonst würde er wollen, dass sie beschützt wird? Und zudem wollt ihr, dass ich ihm näherkomme, damit er mir sagt, warum er wirklich hier ist?"

„Kurz gesagt ja."

„Und wie soll ich das tun, wenn er mit seiner verdammten Frau hier ist?"

Gabriel musterte sie ruhig. „Wie Samson schon sagte, ist sie vermutlich nicht seine Frau. Sonst hätte er das bestimmt gesagt. Er nannte sie seine Begleitung."

„Es interessiert mich nicht, wie er sie nennt!" Weil sie jetzt wütend war. Charles hatte eine Frau, während sie nie mehr fähig gewesen war, einem Mann genug zu vertrauen, um eine Beziehung einzugehen. Und Angebote hatte sie viele gehabt, aber nichts hatte länger gedauert als eine Nacht. Und jetzt tauchte Charles wie aus dem Nichts in ihrer Stadt auf und war anscheinend vollkommen über sie und ihre damalige Beziehung hinweg. Und dann rieb er ihr auch noch unter die Nase, dass er wieder in einer Beziehung war?

„Roxanne", sagte Gabriel weich, weicher, als ein so einschüchternder Mann das eigentlich können sollte. „Du bist die einzige Person, die ihm nahekommen kann. Wir müssen wissen, was er plant. Wenn du dich an ihm rächen willst, für was auch immer er dir angetan hat, ist dies deine Gelegenheit. Du hast unsere volle Unterstützung."

Sie blickte in Gabriels Augen und sah die Aufrichtigkeit in ihnen. Dann wechselte sie zu Samson und sah den gleichen Ausdruck in seinen Augen.

„Ich tue es unter einer Bedingung."

„Nenne sie mir", sagte Samson.

„Wenn herauskommt, dass er unsere Welt mit seinem Handeln in Gefahr bringt, will ich diejenige sein, die ihn tötet."

Einen Augenblick lang war Samson still und erwog ihre Worte. „Wenn seine Handlungen das rechtfertigen … dann werde ich dafür sorgen, dass du diejenige bist, die die Bestrafung durchführt … wie auch immer diese ausfällt."

Sie nickte. Wenn es dazu kam, würden sie und Charles endlich quitt sein, und sie würde ihre Vergangenheit begraben können.

5

Charles sah zum zehnten Mal auf seine Uhr. Vor knapp einer Stunde hatte er den Anruf aus der Scanguards-Zentrale erhalten. Sie hatten ihn benachrichtigt, dass sie den Auftrag übernehmen und sogleich die Leibwächter schicken würden, die er für Ilaria angefordert hatte. Wurde auch Zeit. Er hatte schon fast die Hoffnung aufgegeben, noch eine positive Antwort zu erhalten.

Die Wohnung, die er für ihren Aufenthalt in San Francisco angemietet hatte, befand sich im obersten Stock eines Hochhauses, das an der Bucht lag, und rühmte sich mit einem Tag-und-Nacht-Portier. Charles hatte bereits unten an der Rezeption angerufen, um sicherzugehen, dass die Leute von Scanguards sofort heraufgeschickt wurden.

Als es an der Tür klopfte, zog Charles seine Schultern zurück und nahm einen tiefen Atemzug. Er bemerkte, dass seine Rippen sich, dank des heilenden Zauberspruchs und einem Trank, den er zusammengebraut hatte, nachdem er von seinem ersten Treffen bei Scanguards zurückgekommen war, inzwischen vollkommen normal anfühlten. Das musste er Roxanne lassen, sie ließ sich nicht leicht überrumpeln. Er würde sie nur mit der Wahrheit zurückgewinnen können.

Showtime.

Charles drehte am Türknauf und öffnete die Eingangstür. Der Anblick von Roxanne raubte ihm, genauso wie in der vorhergehenden Nacht, den Atem. Für einen Augenblick ließ er ihre Aura auf sich wirken, dann riss er sich zusammen und blickte den hotelähnlichen Korridor hinunter.

„Bist du alleine?"

Sie ging an ihm vorbei in die Wohnung. „Meine Kollegen sind auf dem Weg."

Er ließ die Tür ins Schloss fallen und beobachtete sie dabei, wie sie die Umgebung in Augenschein nahm.

„Es gefällt mir nicht", sagte sie.

„Das Apartment?", fragte er. Es war austauschbar, schmucklos und sicherlich etwas kühl. Er hatte schon schlechtere gehabt. Doch er hatte nicht vor, hier lange zu bleiben.

Roxanne blickte über ihre Schulter und zog einen Mundwinkel höhnisch nach oben. „Es ist nicht sicher."

„Ich habe es genommen, weil es einen Tag-und-Nacht-Portier gibt."

Sie ging im Raum umher, öffnete Wandschranktüren, sah aus dem Fenster und warf einen Blick in den Flur, der zu den anderen Räumen führte. „Die Rezeption ist ein Witz. Ich musste den Opa da unten praktisch aufwecken. Und es gibt mehrere Zugangswege, die nicht gut genug abgesichert sind. Das Tor zur Garage könnte ganz einfach von jemandem zu Fuß umgangen werden und mit ein wenig technischem Sachverstand könnte jemand das Zugangssystem in den Aufzügen umgehen und müsste die Lobby gar nicht passieren."

Ihre Einschätzung war ernüchternd und er versuchte, das nicht persönlich zu nehmen. Schließlich hatte er fast dreiundzwanzig Jahre überlebt, während ihn in dieser Zeit viele mächtige Hexen gejagt hatten. Seine übernatürlichen Sinne hatten ihn immer rechtzeitig gewarnt, wenn jemand, der ihm schaden wollte, sich näherte. Das hatte sein fehlendes Sicherheitstraining ausgeglichen. Aber die Worte fühlten sich dennoch wie ein Schlag ins Gesicht an. Und da sie von der Frau kamen, die er immer noch so heftig liebte wie damals, als er sie verlassen hatte, schmerzten sie wie ein Hornissenstich.

Er versuchte, sich eine Antwort zu verbeißen, doch er konnte es nicht. „Dann habe ich ja Glück gehabt, dass ich keinen langfristigen Mietvertrag abgeschlossen habe."

Ein Laut ähnlich einem Grunzen kam von Roxanne, während sie in die offene Küche schritt und das Fenster über der Spüle überprüfte.

„Es kann nicht geöffnet werden. Außerdem sind wir hier im vierzehnten Stock. Es ist ein bisschen schwierig heraufzuklettern, da die Außenseite aus Glas ist", sagte er, da er noch immer den Drang verspürte, die Wahl seines Unterschlupfs zu verteidigen.

Roxanne warf ihm einen missfallenen Blick zu. „Ich habe Augen im Kopf." Dann marschierte sie aus der Küche heraus. „Ich glaube, ich sollte jetzt Ilaria kennenlernen."

Er ließ sich mit seiner Antwort Zeit. Es gab Dinge, die er Roxanne erst erklären musste, bevor die beiden aufeinander trafen, da die Feindseligkeit, mit der Roxanne ihm entgegentrat, sie letztlich alle gefährden konnte. „Ich wollte dir zuerst ein paar Sachen erklären. Solange du und ich alleine sind."

Sie verengte misstrauisch die Augen. „Oh, ich verstehe. Du möchtest sichergehen, dass deine Frau nichts erfährt über unser –"

„Meine Frau?"

Sie deutete mit dem Kopf in Richtung der

Türen im Flur. „Ilaria. Keine Sorge. Ich habe nicht die Absicht, unsere schmutzige Wäsche in ihrer Gegenwart zu waschen."

„Ilaria ist nicht meine Frau."

Roxanne zuckte mit den Schultern, offenbar nicht überzeugt. „Dann deine Freundin. Oder *Begleiterin*." Sie hätte genausogut Anführungszeichen um das letzte Wort machen können. „Es interessiert mich nicht, wie du sie verdammt noch mal nennst. Häschen vielleicht? Oder Flittchen des Tages?"

„Er nennt mich seine Nichte."

Bei den Worten wirbelte Roxanne herum und starrte Ilaria, die jetzt im Korridor stand, an. Sie trug Jeans und einen Pullover. Ihre grazile Gestalt wurde von langen Haaren eingerahmt. Jung und zerbrechlich, aber nicht hilflos. Ihre Aura schimmerte in blassroten Tönen, ein Zeichen dafür, dass sie aufgewühlt war.

„Und ich nenne ihn Onkel", fügte Ilaria hinzu.

„Ich habe dich gebeten, in deinem Zimmer zu bleiben, bis ich dich rufe", ermahnte

Charles sie, obwohl er ruhig und ausgeglichen sprach, so wie er es immer in ihrer Gegenwart tat, vor allem, wenn Ärger in ihr hochstieg und an die Oberfläche zu brechen versuchte. Nur wenn er ruhig blieb, konnte er Ilaria helfen, ihr Gleichgewicht wieder zu finden.

„Du hast mich gelehrt, mich zu verteidigen. Das ist alles, was ich tue." Sie sah wieder zu Roxanne und machte ein paar Schritte in ihre Richtung. „Du musst Roxanne sein."

Roxanne nickte, doch ihre Antwort war steif. „Ilaria." Als sie sich umdrehte und ihn wieder ansah, sah er Verwirrung in ihren Augen. „Du hast nie erwähnt, dass du eine Nichte hast. Oder Geschwister."

„Ich war gerade dabei."

„Ein wenig spät", meinte sie abfällig.

„Für die Wahrheit ist es nie zu spät", widersprach er ihr und suchte den Blickkontakt zu ihr, doch sie drehte sich weg und verweigerte ihm die Verbindung, die er herzustellen versuchte.

„Ich muss den Rest der Wohnung überprüfen."

Ilaria zeigte auf die offene Tür, noch ein bisschen aufgebracht, obwohl zumindest die Farbe ihrer Aura nicht dunkler geworden war. Irgendwie hielt sie sich im Zaum. „Das ist mein Schlafzimmer. Und dieses ist Charles'. Das Badezimmer ist von beiden Schlafzimmern aus zugänglich."

Roxanne marschierte zuerst zu Charles' Schlafzimmer, öffnete die Tür und ging hinein. Er wusste, was sie dort vorfinden würde: einen funktionellen Raum ohne jegliche Dekoration, die wenigen Dinge, die er besaß, ordentlich in dem viel zu großen Wandschrank aufgehängt, das Bett gemacht.

Er folgte ihr nicht, als sie in das Badezimmer ging. Stattdessen ging er zur geöffneten Tür von Ilarias Schlafzimmer und wartete, bis Roxanne den Raum durch die Verbindungstür betrat. Überraschung breitete sich auf ihrem Gesicht aus, da Ilarias Zimmer ganz anders als seines aussah. Ilarias Zimmer war liebevoll mit all den kleinen Dingen dekoriert, die eine dreiundzwanzigjährige Frau mochte. Bunt und warm. Genau wie Ilaria selbst.

„Das ist nicht echt", fühlte Charles sich gezwungen zu sagen.

Roxanne sah ihn mit hochgezogener Augenbraue an.

„Alles, was du siehst, ist eine Illusion." Er wandte sich an Ilaria, die sich zu ihm gesellt hatte. „Zeig Roxanne, wie das Zimmer wirklich aussieht."

„Muss ich wirklich? Mir gefällt es so."

„Nur für einen Augenblick", sagte er und legte ihr seine Hand zur Beruhigung auf ihren Unterarm. Er war stolz auf Ilarias Fähigkeiten, obwohl niemand außer ihm sie je zu sehen bekam.

Seufzend machte Ilaria eine ausschweifende Bewegung mit ihrem Arm und der Raum verwandelte sich in die gleiche schmucklose und sterile Umgebung wie der Rest der Wohnung.

Er konnte sehen, dass Roxanne von der Vorführung der Zauberkraft entnervt war, obwohl sie versuchte, es nicht zu zeigen. Stattdessen musterte sie Ilaria, während eine Frage bereits über ihre Lippen kam. „Warum machst du das?"

Ilaria zuckte mit den Schultern und machte erneut eine ausgedehnte Bewegung mit ihrem Arm und versetzte den Raum wieder zurück in seinen vorherigen Zustand. „So fühlt es sich wie Zuhause an."

„Mach es dir nicht zu bequem hier", warnte eine kalte männliche Stimme, die aus dem Wohnzimmer kam.

Scheiße! Bereit zum Kampf wirbelte Charles herum und hob seine Arme nach oben, um die Elemente zu Hilfe zu rufen, um den Eindringling abzuwehren, als er die Aura des Mannes wahrnahm. Langsam ließ er seine Arme sinken und drückte Ilarias Arm, um sie zu beruhigen, da auch sie sich in Kampfposition gebracht hatte und ihre Aura dunkler geworden war.

„Ihr müsst von Scanguards sein", sagte er zu den zwei Neuankömmlingen.

Hinter dem großen kahlköpfigen Vampir erschien ein weiterer Mann. Er sah ein wenig jünger aus, obwohl man das bei Vampiren nie sagen konnte, da sie nach ihrer Verwandlung nicht mehr alterten. Trotzdem war an dem Vampir mit dem dunklen Haar und dem jugendlichen Gesichtsausdruck etwas anders. Seine Aura war nicht dieselbe wie die des kahlköpfigen. In der Tat hatte Charles noch nie zuvor so eine Aura gesehen. Charles blinzelte. Etwas an ihm war menschlich.

„Meine Kollegen", sagte Roxanne von hinter ihm.

Charles machte ihr Platz, damit sie aus dem Schlafzimmer treten konnte.

Sie zeigte auf den kahlen Vampir. „Zane." Dann deutete sie zu dem dunkelhaarigen Mann. „Und das ist Grayson."

Als Charles und Ilaria Roxanne zurück ins Wohnzimmer folgten, bemerkte er Zanes missfallenen Gesichtsausdruck, während Graysons Augen auf Ilaria fixiert zu sein schienen. Der junge Leibwächter ließ seine Augen über sie schweifen und seine Lippen öffneten sich voller Bewunderung.

„Also hat Gabriel euch geschickt." Roxannes Stimme unterbrach Charles' Beobachtung.

Zane schnaubte. „Aus offensichtlichen Gründen."

Charles spürte den offenen Hass im Verhalten des Vampirs. „Und die wären?"

„Ich hasse Hexen."

Ilaria keuchte und ergriff instinktiv Charles' Arm zum Schutz.

Zu Charles' Überraschung trat Grayson vor Zane. „Mach dir um den keine Sorgen. Es ist nichts Persönliches. Er ist immer so." Er warf Ilaria ein reizendes Lächeln zu. „Ich sorge dafür, dass dir nichts geschieht."

Charles wollte knurren. Dachte dieser junge Welpe wirklich, dass er sich an Ilaria heranmachen konnte? Seine väterlichen Instinkte kamen bei dem Gedanken an die Oberfläche, doch gleichzeitig wusste er, dass es falsch war, auf diese Weise zu reagieren. Auch ein Vater musste seine Tochter eines Tages loslassen und er war schließlich nur ihr Onkel. Und Ilaria war inzwischen alt genug, um ihre eigenen Entscheidungen zu treffen.

Als Ilaria seinen Arm losließ, sah Charles sie von der Seite an und bemerkte, dass ihre Aura unter Graysons bewunderndem Blick plötzlich fast weiß erstrahlte. Rein. Gut. Frei von allem Bösen.

„Du bist kein Vampir", sagte Ilaria mit Neugier in der Stimme.

„Ich bin ein Hybride. Ich bin halb Mensch, halb Vampir", antwortete Grayson. „Mein Chef meinte, dass ihr möglicherweise jemanden braucht, der auch während des Tages uneingeschränkt agieren kann." Er deutete auf Zane und Roxanne. „Nicht so wie Vollblut-Vampire."

Charles nickte und würdigte die Voraussicht. Er hatte bereits von Hybriden gehört, war jedoch noch nie einem begegnet. „Und das vierte Teammitglied, wann kommt er?"

„Wir sind das Team", erklärte Zane.

„Ich forderte vier Leibwächter."

Zanes Kiefer spannte sich an. „Ich zähle für zwei."

„Hätte ich mir denken können."

Zane kniff die Augen zusammen. „Genau, hättest du." Dann wechselte er einen Blick mit Roxanne. „Wir müssen sie woanders hinbringen." Er deutete mit dem Daumen über seine Schulter und zeigte auf die Eingangstür. „War ein Kinderspiel, die aufzubekommen. Und niemand hat uns gehört. Und über das Schneewittchen da unten will ich mich gar nicht auslassen."

„Sehe ich genauso", antwortete Roxanne. Sie wandte sich an Charles und Ilaria. „Packt eure Sachen und lasst uns von hier verschwinden."

6

Während Ilaria und Charles ihre wenigen Sachen packten, wartete Roxanne zusammen mit Zane und Grayson. Die wenigen Minuten, die sie alleine mit Charles verbracht hatte, überstiegen bereits das Maß des Erträglichen. Warum war sie nicht bei ihrer Entscheidung geblieben und hatte Gabriel und Samson gesagt, dass sie unter keinen Umständen auf sie zählen konnten? Doch die Neugier bezüglich Charles' Begleiterin hatte sie umgestimmt. Als interessierte es sie, ob Charles eine intime Beziehung zu einer Frau hatte oder nicht. Wie sich herausstellte, hatte er keine. Doch selbst dieses Wissen schenkte ihr keine Befriedigung. Stattdessen machte es sie nur noch neugieriger, obwohl sie ihn doch einfach ignorieren sollte.

„Wir fahren in getrennten Autos. So ist es sicherer. Ich nehme Ilaria", sagte sie jetzt zu Zane. „Du und Grayson, ihr nehmt Charles. Wir treffen uns im Safehaus."

„Keine gute Idee", antwortete Zane. „Gabriel hat angeordnet, dass wir uns um das Mädchen kümmern."

„Ich bin mehr als fähig, Ilaria alleine zu beschützen", stieß Roxanne zwischen zusammengebissenen Zähnen heraus, denn ihr missfiel Zanes Anspielung.

„Das ist mir vollkommen bewusst. Aber sie ist bei mir und Grayson besser aufgehoben. Du kümmerst dich um ihren Onkel."

Sie versteifte sich, um ihr Argument zu unterstreichen. „Du magst vielleicht im Rang höher sein als ich, aber ich habe die Leitung dieses Einsatzes. Ich treffe die Entscheidungen."

„Wenn ich es nicht besser wüsste, würde

ich sagen, dass du nicht mit Charles alleine sein willst."

Ärger stieg in ihr auf. Sie drückte ihren Zeigefinger auf Zanes Brust. „Du behältst deine dummen Bemerkungen lieber für dich. Ich habe kein Problem mit ihm." Es war eine Lüge, aber sie würde sich von Zane verdammt noch mal nicht in die Enge treiben lassen. „Also gut. Du und Grayson, ihr nehmt Ilaria."

Sie drehte sich zu Grayson um und funkelte ihn an. „Und du behältst deinen Schwanz lieber in deiner Hose."

Grayson blickte finster zurück. „Was zum Henker? Ich habe nicht vor –"

„Hast du das nicht?" Sie verengte ihre Augen. „Lass mich dir einen Ratschlag geben. Vertraue nie einer Hexe. So etwas wird immer übel enden."

Grayson war bereits im Begriff zu antworten, doch er bekam nicht die Gelegenheit dazu. Charles und Ilaria erschienen mit ihren Reisetaschen. Grayson warf einen herausfordernden Blick in Richtung Roxanne, während er auf Ilaria zuging.

„Lass mich deine Tasche tragen", bot er an und versprühte sein umwerfendes Lächeln.

„Ihr fahrt voraus, wir werden euch in fünf Minuten mit meinem Wagen folgen", gab Roxanne Anweisung und nickte Zane zu.

Ilaria sah Charles fragend an.

„Ist schon in Ordnung, Ilaria. Geh mit ihnen. Ich bin nicht weit hinter dir", versicherte Charles seiner Nichte.

Roxanne starrte den drei Personen noch nach, als die Tür bereits hinter ihnen ins Schloss gefallen war.

Sie hörte Charles seufzen. „Sieht so aus, als hätten wir Zeit zum Reden."

„Wir haben uns nichts zu sagen."

„Ganz im Gegenteil."

Sie wusste, dass er sich ihr näherte, noch bevor sie seine Hand auf ihrer Schulter spürte. Sie versuchte, sie abzuschütteln, doch stattdessen wurde sein Griff fester und er drehte sie herum, damit sie ihn ansehen musste.

„Ich kann deine Feindseligkeit spüren. Sogar deine Kollegen können das. Und das kann diesen Auftrag gefährden."

Ärger machte sich in ihr breit. „Stellst du meine Professionalität in Frage?"

„Keineswegs, aber du verdienst es, die Wahrheit darüber zu erfahren, was in jener Nacht geschah. Es wird die Sache einfacher machen."

„Ich weiß, was in jener Nacht geschah. Du hast mich verlassen. Ende der Geschichte." Sogar jetzt, nach dreiundzwanzig Jahren, tat es noch genauso weh wie damals. Aber sie würde das verdammt noch mal Charles gegenüber nicht zugeben.

„Ich hatte keine Wahl."

Sie schnaufte empört. „Oh bitte, erspar mir deine Ausreden. Ich bin über dich hinweg."

„Es gibt keine Ausreden oder Entschuldigungen dafür, was ich in dieser Nacht tat. Aber ich will, dass du mich anhörst."

Bei dem flehenden Ton in seiner Stimme zog sich ihr Herz schmerzlich zusammen. Aber sie musste stark bleiben und durfte nicht wieder auf seine Lügen hereinfallen. Denn genau das würden sie sein: erneute Lügen, um sie zu besänftigen und sich dafür zu rechtfertigen, was er getan hatte. Sie drehte sich wieder zur Tür und umfasste den Türknauf.

„In der Nacht, in der du und ich vorhatten zu verschwinden, brachte meine Schwester Melissa ihre Tochter Ilaria zu mir. Ilaria war drei Monate alt. Melissa wurde von Hexen gejagt, die nur ein einziges Ziel hatten: ihr Baby, meine Nichte, zu töten."

Bei den Worten zögerte Roxanne.

„Bis zu jener Nacht wusste ich nicht einmal, dass meine Schwester entbunden hatte. Wir hatten nicht viel Kontakt. Aber sie benötigte meine Hilfe", fuhr er fort, seine Stimme weich und ruhig. „Ilaria ist nicht nur die Tochter einer Hexe. Sie ist etwas ganz Besonderes. Sie wurde mit einem Zeichen geboren."

Roxanne drehte sich zu ihm um und runzelte fragend die Stirn. Jetzt hatte er ihre Aufmerksamkeit geweckt. „Welches Zeichen?"

„Ein Muttermal, das sie als ganz besondere Hexe ausweist, als eine, die stärker und begabter als andere sein wird. Und deshalb von jenen, die ihr unterlegen sind, gefürchtet wird. Hexen mit diesem Zeichen werden schon seit Jahrhunderten gejagt. Es gibt nicht mehr viele von ihnen, und die, die noch übrig sind, halten sich versteckt. Als Melissa feststellte, dass Ilaria das Zeichen hatte, versuchte sie es zu verheimlichen, aber jemand hat davon erfahren und sie musste fliehen. Sie kam in jener Nacht zu mir und bat mich um Hilfe. Sie flehte mich an, Ilaria zu beschützen."

Charles strich mit einer Hand durch sein dunkles Haar, bevor er fortfuhr. „Wir wurden in jener Nacht angegriffen. Einige Hexen hatten Melissa bis zu meinem Haus verfolgt. Wir bekämpften sie so gut wir konnten, aber wir wussten, dass wir den Kampf verlieren würden. Als meine Schwester mir ihre Tochter übergab und mich bat, sie mit meinem Leben zu beschützen, wusste ich, was sie im Begriff war zu tun. Ich konnte nicht nein sagen."

„Was hat sie getan?", fragte Roxanne mit Neugier.

„Sie ging hinaus und bekämpfte sie mit allem, was sie hatte, und gab mir dadurch gerade genug Zeit, um durch die Hintertür zu entkommen. In jener Nacht gab sie ihr Leben, um ihr Kind zu beschützen. Und ich hatte ihr ein Versprechen gegeben. Ein Versprechen, das ich nicht brechen konnte. Ilaria brauchte mich. Sie war hilflos."

Ich brauchte dich auch! Roxanne wollte schreien, doch sie hielt ihren Mund fest geschlossen.

„Ich bin mit ihr geflüchtet. Ich habe nicht zurückgeschaut. Aber ich wusste, dass sie nie aufgeben würden, bis sie sie fanden und sie töteten. Ich musste weiterlaufen."

„Ich hätte dir helfen können!", rief Roxanne aus und schob die Enttäuschung zurück. Er hatte sich für das Kind entschieden statt für sie. „Wir hätten die Hexen zusammen besiegen können."

Charles schenkte ihr ein trauriges Lächeln und schüttelte den Kopf. „Nein. Ich musste Hilfe von anderen Hexen, denen ich vertraute, anfordern, und wenn ich mit einer Vampirin im Schlepptau dort aufgetaucht wäre, hätten sie dich getötet, bevor ich überhaupt die Gelegenheit gehabt hätte, etwas zu erklären. Ich tat es, um dich zu beschützen."

„Schwachsinn!", rief sie aus. „Du wolltest mich nicht mehr. Und deine Nichte war eine bequeme Ausrede, um mich loszuwerden."

Er verlor nicht die Beherrschung. „Das ist nicht wahr und du weißt das. Dich zu verlassen, war das Schwerste, das ich jemals getan habe. Ich habe es seitdem millionenfach bedauert."

Tränen versuchten, sich an die Oberfläche zu drücken, aber sie zwang sie zurück. „Verflucht! Sei verflucht! Du hast mich nicht einmal angerufen. Du hast keinen Versuch unternommen, mit mir in Verbindung zu treten. So sehr hast du mich geliebt?"

„Ja, so sehr habe ich dich geliebt! Denn wenn ich mit dir in Verbindung getreten wäre, wärst auch du in Gefahr gewesen. Sie hätten dich gefoltert, um herauszufinden, wo ich war. Das konnte ich nicht geschehen lassen. Ich konnte nicht zulassen, dass sie dir wehtun, also habe ich dafür gesorgt, dass niemand von dir erfuhr."

Roxanne schluckte ein aufsteigendes Schluchzen hinunter, um zu verhindern, dass es über ihre Lippen brach.

„Bevor ich mein Handy wegwarf, damit sie es finden würden, löschte ich alle Hinweise auf dich. Als ich unsere Anrufliste und unsere Nachrichten löschte, brach es mir das Herz, und als ich das letzte Foto von dir löschte, dachte ich, dass mein Leben vorbei sei. Aber ich hatte eine Verantwortung, eine Pflicht, der ich mich nicht entziehen konnte."

Roxanne drehte sich weg, unfähig, ihm noch länger zuzuhören. „Du hättest mir wenigstens eine Mitteilung schicken können."

„Du hast in jener Nacht deinen Tod vorgetäuscht. Ich hatte keine Möglichkeit, mit dir in Verbindung zu treten. Und jemanden mit einer Nachricht zu unserem Treffpunkt zu schicken, wäre zu riskant gewesen. Außerdem, wenn ich es getan hätte, hättest du versucht, mich zu finden." Er seufzte. „Es war besser, dass du mich hasstest. Zumindest hast du so nicht versucht, mich zu finden, und bist nicht im Fadenkreuz der Hexen gelandet. So warst du sicher."

„Sicher?", presste sie heraus. „Ja, vielleicht vor den Hexen. Aber Silas kaufte mir meinen inszenierten Tod nicht ab. Er folgte mir."

„Oh mein Gott, Baby, es tut mir so leid."

Er ergriff ihre Schultern, um sie wieder zu sich umzudrehen, aber sie schüttelte ihn ab. Seine Berührung weckte zu viele Erinnerungen, und damit den Wunsch, die Zeit zurückzudrehen.

„Ich brauche dein Mitleid nicht. Ich habe ihn umgebracht." Und es hatte sich gut angefühlt, diesen sadistischen Hurensohn mit einem Pflock zu töten. Die Welt war ohne ihn besser dran.

„Wie?" Charles' Frage war wie ein Echo.

„Er hatte seine Männer weggeschickt, um die angemessene Bestrafung für meine Flucht unter vier Augen durchzuführen. Er dachte, dass er mich unter Kontrolle hätte, wie er es immer getan hat. Aber ich hatte nichts mehr zu verlieren. Das gab mir die Stärke, die ich brauchte. Ich habe ihn mit einem Pflock getötet, ohne zu glauben, dass ich es schaffen würde. Ich war vollkommen darauf vorbereitet, dabei umzukommen. Aber ich überlebte. Irgendwie. Silas war tot. Ich lief, bis ich nicht mehr weiterlaufen konnte. Seine Männer haben mich nicht gefunden."

Charles nickte mit ernstem Gesichtsausdruck. Sein Blick richtete sich auf ihre Augen und er hob seine Hand. „So stark und doch so verletzbar." Er berührte ihr Kinn.

„Tu das nicht! Du hast das Recht, mich zu berühren, eingebüßt, als du mich in jener Nacht verlassen hast." Sie wandte ihre Augen ab und drehte ihren Kopf zur Seite.

„Schau mich an, Roxanne, und sag mir, dass du mich hasst und ich werde dich nie wieder berühren."

Wenn das alles war, was nötig war, dann konnte sie das tun. Langsam, ihre ganze Stärke sammelnd, drehte sie ihren Kopf zurück, um seinem forschenden Blick zu begegnen.

„Ich hasse dich." Ihre Stimme brach bei der letzten Silbe.

Seine Finger strichen über ihre Wange. „Sag es noch einmal", murmelte er und neigte seinen Kopf in Richtung ihres Gesichts. Sein Blick lag auf ihren Lippen.

„Ich hasse dich." Aber die Worte waren noch schwächer als zuvor.

„Ich habe nach dir nie wieder eine andere Frau berührt."

Tränen schossen in ihre Augen. Er spielte nicht fair. „Nein … nein …"

„Ich habe nur von dir geträumt. Davon, dich

in meinen Armen zu halten. Davon, dich zu lieben."

„Ich hasse dich." Sie wiederholte die Worte wie eine Beschwörungsformel, aber das machte sie nicht wahr. Dennoch war es das Einzige, was sie tun konnte, um nicht zusammenzubrechen.

„Vielleicht tust du das jetzt, aber wenn du uns noch eine Chance gibst ..."

„Es würde nichts ändern. Ich kann dreiundzwanzig Jahre nicht ungeschehen machen."

„Aber du glaubst mir doch, nicht wahr?"

Tat sie das? Die Geschichte war fantastisch, aber ihre beiden Welten waren das auch. „Es ist nicht mehr von Bedeutung, ob ich dir glaube." Vor zwei Jahrzehnten wäre es von Bedeutung gewesen. Aber heute machte es keinen Unterschied. Zu viel Schmerz hatte von ihrem Herzen Besitz ergriffen. Es gab darin keinen Platz mehr für die Liebe.

„Für mich ist es von Bedeutung, dass du mir verzeihst."

Roxanne schluckte. „Es gibt nichts, das du tun oder sagen kannst ..."

„Es gibt etwas, das ich tun kann", flüsterte er und senkte seine Lippen auf ihre.

Er hatte sie völlig überrascht. Möglicherweise war das auch der Grund, warum sie ihn nicht sofort weg drückte und von sich stieß. Oder möglicherweise war es die Art und Weise, wie seine Lippen gegen ihre pressten und sie drängten, sich ihm zu öffnen. Oder die Erinnerungen an ihr Liebesspiel, die mit seiner sündhaften Berührung wieder in ihr Bewusstsein zurückkehrten.

Es hätte alles Mögliche sein können, aber tief in ihrem Inneren wusste sie, dass sie es geschehen ließ, weil sie nicht mit ihm fertig war. Sie hasste Charles nicht. Doch sie konnte ihm auch nicht vertrauen.

7

In dem Moment, als er spürte, dass Roxanne ihre Lippen öffnete um einzuatmen, stahl sich Charles mit seiner Zunge in ihren Mund. Roxanne schmeckte genauso berauschend, wie er es in Erinnerung hatte. So unwiderstehlich wie damals. Es war kein Wunder, dass er bereits hart wurde. Tatsächlich *war* es ein Wunder, dass er so lange in der Lage gewesen war zu verhindern, dass sein Schwanz aus seiner Hose herausbrach. Oder dass er sich diesen Kuss nicht bereits früher gestohlen hatte. Denn er hatte sich seit dem Moment, in dem er herausgefunden hatte, wo sie alle diese Jahre gewesen war, danach gesehnt.

„Roxanne", murmelte er gegen ihre Lippen und gab sie einen Augenblick frei, nur um nach dem Saum ihres Oberteils zu greifen und es ihr über den Kopf zu ziehen. „Ich brauche dich."

Er nahm ihre Lippen erneut gefangen und küsste sie tief und fest, während er sie an sich drückte. Seine Hände streiften über ihre Haut und suchten und fanden den Verschluss ihres BHs. Als er ihn öffnete, keuchte sie in seinen Mund, und er schluckte den Laut mit Genugtuung hinunter.

Nachdem er sie von dem Kleidungsstück befreit hatte, konnte er endlich ihre üppigen Brüste berühren. Er hatte es immer geliebt, das empfängliche Fleisch zu kneten, ihre kecken Nippel zu liebkosen und ihre seidene Haut zu lecken. Nicht nur, weil Roxanne alles darstellte, was ein Mann sich nur wünschen konnte, sondern auch wegen ihrer Reaktion. Ihr Stöhnen und ihre Seufzer waren unkontrolliert und die Art, wie sie ihren Körper an seinen drängte und um mehr bat, ließ

Hoffnung in seinem Herzen aufkeimen. Sie war nicht über ihn hinweg. Noch längst nicht.

Er riss seine Lippen von ihren und senkte seinen Kopf zu ihren Brüsten, nahm einen Nippel in seinem Mund gefangen und saugte daran.

Sie atmete schwer. „Das wird nichts zwischen uns ändern."

Wenn sie sich selbst belügen wollte, nur zu. Doch er wusste es besser. Es würde alles zwischen ihnen ändern. Er hatte noch Macht über sie, ebenso wie sie über ihn. Um ihr genau das zu zeigen, streifte Charles mit seinen Zähnen über ihre Haut und spürte sie heftig erschaudern.

„Du gehörst immer noch mir", brummte er und machte sich daran, den Knopf ihrer Hose zu öffnen. „Und ich gehöre immer noch dir." Er öffnete den Reißverschluss und schob ihre Hose nach unten.

Roxanne stoppte ihn nicht. Stattdessen riss sie sein Hemd auf und zog es ihm aus. „Nur weil ich mich von dir ficken lasse, bedeutet das nicht, dass ich dir wieder vertrauen werde."

Die Worte klangen bitter, doch ihr Handeln war es nicht. Sie öffnete seine Hose und schob sie ihm halb über die Oberschenkel hinunter.

„Ich werde dich nicht ficken, Roxanne." Er ergriff ihre Hüften mit beiden Händen und zog sie an seine Erektion, um ihr zu zeigen, was sie mit ihm anstellte. „Ich werde mit dir Liebe machen."

„Oh nein, das wirst du nicht!"

Sie stieß ihn zurück, bis er mit der Rückseite seiner Knie die Couch berührte. Er verlor das Gleichgewicht und fiel nach hinten. Einen Moment später hatte sie sich von ihrer Hose und ihren Sandalen befreit und riss ihm seine Schuhe und seine Jeans herunter.

„Wir werden ficken", presste sie durch ihre zusammengebissenen Zähne hindurch und zog ihm seine Boxershorts aus. „Das ist alles, was du bekommst."

„Gut. Du möchtest ficken? Lass uns ficken und sehen, wie lange du das aufrecht erhalten kannst." Er sprang auf und ergriff sie, hob sie hoch und warf sie mit dem Gesicht nach unten auf das Sofa. „Ist es das, was du willst?"

„Du hast keine Ahnung, was ich will!"

Er ergriff ihren String-Tanga und schob ihn zur Seite, ohne sich die Mühe zu machen, ihn ihr auszuziehen. Stattdessen brachte er sich zwischen ihren Beinen in Position und hob ihren Hintern an. „Ich weiß genau, was du willst."

Er tauchte in sie ein, bis er mit seinen Hoden gegen ihre feuchte Muschi schlug.

Verdammt!

Sie war sogar noch enger, als er es in Erinnerung hatte. Oder möglicherweise fühlte es sich nur so an, weil er seit er sie in jener Nacht verlassen hatte mit keiner anderen Frau zusammen gewesen war. Er hatte in diesen dunklen, einsamen Nächten nur den Trost seiner eigenen Hand gekannt. Und von Roxanne geträumt. Aber kein Traum kam an die Wirklichkeit heran. Und dies hier war die Wirklichkeit. Roxanne unter ihm, jetzt gestützt auf ihre Ellbogen, während ihre Hüften sich ihm entgegen bewegten, um ihn tiefer in sich aufzunehmen.

Er wusste, was sie tat: Sie versuchte, deutlich zu machen, dass dies nur Sex war. Dass es nichts anderes für sie war als ein beliebiges, kurzzeitiges körperliches Vergnügen, etwas, das ihr jeder andere Mann ebenso geben könnte. Aber sie hatte sich geirrt, wenn sie dachte, dass sie ihn täuschen konnte.

„Verdammt, Baby", fluchte er und fuhr fort, tief und fest in sie zu stoßen. Wenn er nicht bald langsamer machte, würde er kommen und diesen Kampf verlieren.

Er gab ihr einen festen Klaps auf ihren Hintern. Er wusste, dass sie als Vampirin kaum einen Schmerz verspürte, und zog sich aus ihr heraus.

„So läuft das nicht ab", versprach er ihr und sich selbst.

„Ich sagte dir schon –"

Er drehte sie auf ihren Rücken und riss ihr den String-Tanga herunter, bevor er ihre Beine auseinander schob und sein Gesicht auf ihre Muschi senkte.

Roxanne machte einen halbherzigen Versuch, sich ihm zu entziehen, aber sie nahm dabei nicht einmal ihre Vampirgeschwindigkeit oder ihre vampirische Kraft zu Hilfe, sodass er ihren Protest nicht ernst nehmen konnte.

Stattdessen leckte er über ihr feuchtes Fleisch und kostete ihre Erregung, während er beide Hände nach oben streckte, um ihre Brüste zu streicheln. Ihr Protest starb einen stillen Tod.

Mit jeder Sekunde, die er sie leckte, verwandelte sie sich zurück in die Frau, die er kannte. Die Frau, die sich ihm im Bett hingegeben hatte, obwohl sie stärker war als er. Die Frau, die sich jetzt unter seinen Lippen aufbäumte und ihm ihre Hüften für eine tiefere Verbindung, für mehr Reibung entgegendrängte. Die Frau, die jetzt ihre Beine anwinkelte, einen Fuß flach auf den Boden setzte, sodass sie sich ihm näher entgegen heben konnte.

„Ja", murmelte er in ihre Wärme, nahm ihre empfindlichste Stelle zwischen seinen Lippen gefangen und leckte das geschwollene Bündel von Nerven jetzt stärker und schneller. Genau wie sie es mochte. Wie sie es immer gemocht hatte.

Er konnte spüren, wie nahe sie war, und er würde sie nicht allein kommen lassen. Nein, er würde sich ihr auch hingeben. Um zu zeigen, dass er ihr vertraute.

Er saugte noch einmal an ihrer Klitoris, ließ dann von ihr ab und setzte sich auf. Bevor sie wegen der Unterbrechung protestieren konnte, hatte er sich bereits wieder in Position gebracht und seinen Schwanz an ihre nassen Falten geleitet. Langsam drang er vorwärts, indem er ihre inneren Lippen mit der Spitze teilte und in sie glitt. Er beobachtete, wie ihre Lider flatterten und die Luft aus ihrer Lunge rauschte, während sie ihren Rücken vom Kissen hob und ihm ihre Brüste mit den harten Knospen darbot. Es war unmöglich, ihr zu widerstehen.

Erst als er seine Erektion vollständig in ihren engen Kanal gesenkt hatte, atmete er wieder. Ein Stöhnen entkam ihm. Das war es, wovon er in all den Jahren geträumt hatte. Zu spüren, wie sich ihre Muskeln um ihn festzogen und ihn gefangen nahmen.

Er senkte sich über sie und fing an, in sie zu stoßen, nicht wild und hart, wie er es zuvor getan hatte, sondern langsam und sanft. Wieder nahm er eine Brust gefangen und leckte ihren Nippel, während er die andere Brust knetete. Roxanne folgte seinem

Rhythmus, oder möglicherweise folgte er auch ihrem. Es war nicht von Bedeutung.

Sie würde wieder ihm gehören.

Er hob seinen Kopf an und nahm ihre Lippen gefangen und küsste sie leidenschaftlich, bis sie beide atemlos waren. Aber da war noch etwas anderes, das er brauchte. Etwas, das nur sie ihm geben konnte. Er begann, schneller zu stoßen und erhöhte sein Tempo, um sie beide näher an den Höhepunkt zu bringen, bevor er ihre Lippen freigab, seinen Kopf zur Seite neigte und ihr seinen Hals anbot.

„Schlag deine Fangzähne in mich, Roxanne. Trink mein Blut."

Roxannes Körper versteifte sich plötzlich. Eine Sekunde später fand er sich in der Mitte des Raumes auf dem Boden wieder.

Sie hatte ihn von sich geworfen.

„Wie kannst du es wagen?!" Wut sprühte aus ihren Augen. Ihre Lippen bebten und der Schmerz leuchtete aus jeder Pore ihres Körpers. „Du hast kein Recht, das von mir zu verlangen." Sie sprang auf und sammelte ihre Kleidung vom Boden und zog sich schneller an, als seine Augen folgen konnten. „Du konntest mich nicht einfach nur ficken, oder?"

Charles erhob sich langsam. „Ich konnte dich niemals einfach nur ficken, Roxanne. Ich wollte immer mehr. Das will ich immer noch. Und ich werde nicht aufgeben, bis du mir verziehen hast und bereit bist, deine Fangzähne in mich zu senken, wenn wir uns lieben."

„Darauf kannst du lange warten."

8

Roxanne fluchte lautlos, während sie die Autotür öffnete und sich in den Fahrersitz fallen ließ. Charles tat dasselbe auf der Beifahrerseite.

Verflucht! Sie hätte beinahe den größten Fehler ihres Lebens begangen: Charles zu erlauben, ihr wieder nahe zu kommen. Schlimm genug, dass sie ihm erlaubt hatte, sie zu berühren, dass sie seine Berührung *genossen* hatte, doch ihn wieder zu beißen? Gott sei Dank war sie in letzter Minute zu Sinnen gekommen, denn die Intimität eines Bisses, während sie miteinander Sex hatten, war mehr, als sie verkraften konnte. Es würde sie wieder genauso verletzlich machen wie in der Nacht, in der er sie verlassen hatte. Und ihr Herz würde wieder genauso schmerzen, sobald er es wieder tat. Sobald er sie wieder verließ.

„Roxanne, bitte …"

Anstatt zu antworten trat sie das Gaspedal durch und wartete nicht einmal darauf, bis Charles seinen Sicherheitsgurt angelegt hatte.

Sie hatte seine Erklärung, warum er sie hatte verlassen müssen, akzeptiert, doch das bedeutete nicht, dass sie ihm verzeihen konnte. Wenn er ihr damals wenigstens eine Mitteilung hinterlassen hätte, dann hätte sie es verstanden und sich nicht all diese Jahre mit Selbstzweifel gequält und sich gefragt, warum er sie verlassen hatte. Warum er sie in der Nacht verlassen hatte, in der sie ihn am meisten gebraucht hatte. Es hatte ihr Vertrauen in Männer so sehr erschüttert, dass sie nie wieder in der Lage gewesen war, eine Beziehung einzugehen. All diese Jahre hatte sie ihr Herz verschlossen, damit niemand das bisschen, das davon noch übrig war, auch noch zerstörte.

„Du hättest nie zurückkommen sollen", rief sie aus und umklammerte das Lenkrad noch fester.

„Ich konnte nicht noch länger fern bleiben."

Sie warf ihm einen flüchtigen Seitenblick zu. „Oh, bitte sag mir nicht, dass du zurückkamst, weil du mich endlich gefunden hast."

Er schüttelte den Kopf, dann starrte er zum Fenster hinaus. „Ich wusste schon eine ganze Weile, wo du warst."

Das überraschte sie, doch sie sagte nichts.

„So habe ich auch von Scanguards erfahren. Ich habe nur auf den passenden Zeitpunkt gewartet zurückzukommen. Aber es hätte nicht jetzt sein sollen. Doch es sind Dinge passiert …" Er seufzte. „Es war Schicksal, dass Ilaria und ich nach San Francisco kamen. Ilarias Zukunft ist hier. Und so wie es aussieht, auch meine, obwohl meine Zukunft unabhängig von ihrer sein wird."

Sie versuchte, seine letzten Worte zu ignorieren, und fragte stattdessen: „Was ist mit Ilarias Zukunft?"

„Es ist Zeit, dass sie mit ihresgleichen lebt."

„Ich dachte, du wärst ihresgleichen."

„Ich bin ihre Familie, ja, aber ich bin nicht wie sie. Sie muss mit Hexen zusammen sein, die wie sie sind, jetzt, da sich ihre Macht entwickelt hat."

Augenblicklich fiel Roxanne wieder ein, wie Ilaria ihr Zimmer mit ihrer Magie verwandelt hatte. Sie hatte schon häufig gesehen, wie Hexerei ausgeübt wurde. Wesley, Scanguards hausinterner Hexer, hatte sich noch nie zurückhaltend verhalten, wenn er seine Fähigkeiten demonstrierte, doch Ilarias Kräfte lagen auf einem ganz anderen Niveau.

„Ich habe sie bisher in der Hexerei unterrichten können. Meine Aufgabe wird bald erfüllt sein. Bald ..." Er beendete seinen Satz nicht.

Es gab etwas, das er ihr nicht sagte. Sie konnte es spüren. Sie erinnerte sich an die Anweisungen, die sie von Gabriel und Samson empfangen hatte, und fragte: „Warum benötigst du jetzt Schutz für sie? Sie scheint mir stark genug, um sich selbst zu verteidigen, wenn ich an ihre kleine Vorführung von vorhin denke."

Er stieß einen Atemzug durch seine Nasenlöcher aus. „Hmm. Es ist nur so ein Gefühl. Ich möchte sichergehen, dass so kurz vor der Ziellinie nichts Schlimmes geschieht."

„Und die Ziellinie ist?" Denn bis jetzt hatte Charles ihr noch keine Informationen gegeben, mit denen sie etwas anfangen konnte, nichts, das sie Gabriel berichten konnte außer der Tatsache, dass Ilaria mit dem *Zeichen* geboren war, was auch immer das bedeutete.

„Ilaria mit ihresgleichen zu vereinen."

„Ja, das sagtest du bereits. Wie genau soll das geschehen?"

„Daran arbeite ich noch."

„So arbeitet Scanguards nicht. Wir müssen wissen, was los ist und wo wir möglicherweise auf Probleme stoßen könnten. Wie sollen wir dich sonst schützen?"

„Ich bin nicht die Person, die Schutz benötigt. Ilaria braucht den Schutz. Deshalb habe ich euer Team beauftragt. Ich kann mich um mich selbst kümmern."

„Ja, natürlich!", murmelte sie zwischen zwei Atemzügen.

Seine Antwort verärgerte sie, doch sie versuchte, das Gefühl zu verdrängen. Es war am besten, keine Gefühle zu zeigen, wenn es um Charles ging. Er würde ihre Gefühle nur gegen sie benutzen. Genauso, wie er vorhin ihre vorübergehende Verwundbarkeit benutzt hatte, um sie zu küssen und sie zum Sex zu überreden.

Mist!

Sie hatte nicht wieder daran denken wollen. Jetzt spürte sie, wie ihr heiß wurde. Ihr Herzschlag hatte sich beschleunigt und Feuchtigkeit sammelte sich zwischen ihren Schenkeln. Ihr einziger Trost war, dass Hexen keinen so ausgeprägten Geruchssinn wie Vampire hatten, sonst würde Charles feststellen, dass die bloße Erinnerung daran, was nicht einmal eine halbe Stunde zuvor zwischen ihnen geschehen war, sie immer noch beeinflusste und Reaktionen in ihrem Körper verursachte.

„Vertrau mir. Beschütze einfach Ilaria. Sorge dich nicht um mich."

Sie schnaubte.

„Nicht, dass du das tun würdest", fügte er hinzu. „Schließlich hast du mich schon zweimal durch den Raum geworfen, seit ich zurückgekommen bin. Wenn ich es nicht besser wüsste, würde ich sagen, dass du mich ernsthaft verletzen wolltest."

Sie wirbelte ihren Kopf in seine Richtung. „Warum behältst du deine blöden Bemerkungen nicht für dich?"

Unerwartet lächelte Charles. „Weil es die einzige Sache zu sein scheint, die dich dazu bringt, mit mir zu kommunizieren. Und ehrlich gesagt, wäre es mir im Augenblick sogar recht, wenn du mich anschreist, wenn das bedeutet, dass du mich zur Kenntnis nimmst."

Sie stöhnte innerlich. Sie hasste es, wenn die Leute ihre Knöpfe drückten. Und Charles drückte jeden einzelnen. Sie war froh, dass sie zehn Minuten später bei dem Safehaus ankamen. Roxanne fuhr das Auto in die Garage und würgte den Motor ab. Ohne ein Wort stieg sie aus dem Wagen und marschierte in Richtung der Tür, die in das zweistöckige Haus führte. Sie wartete nicht auf Charles, der ihr mit seiner Reisetasche folgte.

Die Diele führte zu einem großen offenen Wohnzimmer, durch das man in die Küche gelangte. Zu ihrer Rechten waren die Haustüre und die Treppe, die in den ersten Stock führte, und zu ihrer Linken sah sie Türen zu einer Waschküche und zu einem Gästebad.

Charles schloss gerade die Tür zur Garage hinter sich, als Zane aus dem Wohnzimmer herauskam und sie wütend anfunkelte. „Ihr hättet bereits vor einer halben Stunde hier sein sollen. Was hat so lange gedauert?"

Sie blickte finster zurück. „Geht dich nichts –"

„Meine Schuld", unterbrach Charles. „Ich dachte, ich hätte gespürt, dass uns jemand gefolgt war, also bat ich Roxanne, einen anderen Weg zu nehmen."

„Hmm", brummte Zane und ging dann ins Wohnzimmer zurück.

Roxanne hörte Geräusche aus der Küche. Es hörte sich so an, als versuchte Grayson immer noch, Ilaria anzubaggern, indem er seinen Charme einsetzte. Männer!

Und da sie gerade beim Thema Männer war ... Sie drehte den Kopf, um Charles anzusehen. „Du musst für mich keine Ausreden erfinden."

Er zog eine Augenbraue hoch. „Oh, mein Fehler. Warum richte ich mich nicht ein wenig ein?" Er zeigte auf seine Tasche. „Und gebe dir Zeit, dich abzukühlen."

„Ich brauche keine Zeit, um –"

Aber Charles marschierte bereits nach oben. Sie wirbelte herum und ging in Richtung Badezimmer. In dem Moment, als sie die Tür hinter sich abgeschlossen hatte, nahm sie einen tiefen Atemzug. Dann noch einen. Sie würde das überstehen. Alles, was sie tun musste, war, sich auf ihren Job zu konzentrieren.

Sie zog ihr Handy aus ihrer Tasche und wählte Gabriels Nummer. Er nahm fast sofort ab.

„Roxanne, was hast du für mich?"

„Kannst du Haven mit einbinden? Ich glaube, dass er das hören sollte."

„Gib mir eine Sekunde."

Sie wartete, bis Gabriel die Konferenzschaltung hergestellt hatte.

„Hier ist Haven, was gibt's, Roxanne?", hörte sie ihren Kollegen einen Moment später fragen.

„Du weißt über meinen Einsatz Bescheid, richtig?"

„Gabriel hat mich vorhin informiert. Wie kann ich dir helfen?"

„Hast du eine Möglichkeit, mit Wesley in Kontakt zu treten?" Es war jetzt egal, dass sie Wesley nicht besonders mochte, aber zumindest könnte dieser ihr möglicherweise helfen, etwas herauszufinden.

„Tut mir leid, ich habe es in den letzten Tagen mehrmals versucht, aber die Anrufe gehen nur auf die Voicemail. Ich kann sein Handy nicht einmal mit unserem GPS orten. Entweder ist der Chip defekt oder …" Er seufzte schwer. „Ich habe keine Ahnung, wo er ist oder wie es ihm geht."

Die Sorge in Havens Stimme zu hören, bewirkte, dass sie es bedauerte, dass sie Wesley so oft mit Kälte begegnet war. Sie wusste, dass Wesley das nicht verdient hatte, aber sie war nicht in der Lage gewesen, den Mann vom Hexer zu trennen. „Ich hoffe, dass er sich bald bei dir meldet." Sie nahm einen Atemzug. „Er hat eine umfangreiche Büchersammlung zu Hexerei und Geschichte. Kannst du versuchen, etwas für mich in den Büchern zu finden?"

„Wonach soll ich suchen?", kam Havens Frage.

„Charles sagte mir, dass Ilaria, die Hexe, die wir beschützen sollen, seine Nichte ist. Offenbar wurde sie mit dem *Zeichen* geboren, was auch immer das bedeutet."

„Was für ein Zeichen?"

„Ich weiß es nicht. Er hat nicht mehr dazu gesagt. Aber er sagte, dass es sie von den anderen Hexen unterscheiden würde. Ich muss wissen, was das bedeutet. Und warum andere Hexen sie deswegen jagen würden."

„Ich werde tun, was ich kann", versprach Haven.

„Das weiß ich zu schätzen."

„Roxanne?", sagte Gabriel jetzt.

„Ja?"

„Hast du noch etwas herausgefunden?

Warum ist er hier? Was will er? Warum braucht er Schutz für sie?"

Roxanne lehnte sich zurück an die kühlen Fliesen. „Ich arbeite daran. Aber er ist verschlossen. Alles, was er sagte war, dass Ilaria mit ihresgleichen zusammen sein muss. Und dass ihre Zukunft hier in San Francisco ist."

„Hast du versucht, ihm näherzukommen, damit er dir wieder vertraut?", wollte Gabriel wissen.

Ja, und sieh, wozu das geführt hat! Sie wollte schreien, doch hielt ihren Kiefer fest geschlossenen. Sie war unter Charles gelandet, hatte gekeucht und gestöhnt und um Erleichterung gebettelt. Verletzlich und schwach.

Scheiße!

„Roxanne?", fragte Gabriel noch einmal.

„Ich arbeite daran. Ich muss Schluss machen."

Roxanne beendete den Anruf, noch bevor Gabriel etwas sagen konnte. Sie hätte sich nie überreden lassen sollen, diese Aufgabe zu übernehmen. Nun war sie gefangen zwischen –

tja, zwischen was eigentlich? Ihrem Herzen und ihrem Kopf? Ihrer Vergangenheit und ihrer Gegenwart? Ihrer Pflicht und ihrem Verlangen? Was auch immer es war, sie war gefangen. Und die Tür zu der Falle, in der sie sich befand, begann sich langsam zu schließen.

Wenn sie klug wäre, würde sie sich auf und davon machen, so lange sie das noch konnte.

9

Selbst nach einer langen Dusche, während der er sich hatte selbst befriedigen müssen, um überhaupt einen Hauch von Gehirnfunktion wiederzuerlangen, war sein Verlangen nach Roxanne so stark wie zuvor. Indem er sie bat, ihn zu beißen, war er zu weit gegangen. Wenn er nur sein Bedürfnis nach dieser Intimität ein wenig länger unterdrückt hätte, dann wäre er möglicherweise jetzt einen Schritt weiter in seinem Bemühen, Roxanne zurückzugewinnen. Aber nein, er hatte sein Schicksal herausfordern müssen. Dreiundzwanzig Jahre ohne sie hatten ihn ungeduldig gemacht.

Nachdem er sich noch einmal vergewissert hatte, dass es Ilaria gut ging, teilte Charles Roxanne und ihrem Team mit, dass er schlafen gehen würde, und zog sich in eines der Schlafzimmer im ersten Stock zurück. Niemand stellte seine Aussage in Frage. Schließlich waren Hexen nicht nachtaktiv wie Vampire. Doch er ging nicht zu Bett. Stattdessen nahm er eine Karte aus seiner Reisetasche und breitete sie auf dem Boden aus. Aus einer Seitentasche zog er einen Kristall an einem Lederband heraus.

Er griff nach dem Taschentuch auf dem Nachttisch. Ein roter, bereits getrockneter Fleck befand sich in der Mitte des Tuchs. Blut von Ilaria, doch nicht von irgendeiner beliebigen Stelle ihres Körpers, sondern direkt aus dem Zeichen genommen. Sie hatte ohne Protest zugestimmt, da sie wusste, was auf dem Spiel stand. Er wickelte das blutbefleckte Tuch um den Kristall.

Im Schneidersitz setzte sich er hin, streckte die Hand, in der er das Band hielt, über der Mitte der Karte aus und schloss seine Augen. Er summte eine sanfte Melodie, während er sich auf seinen Solarplexus konzentrierte. Während sich Wärme von Zelle zu Zelle ausbreitete, fühlte er ein Prickeln in seinem Arm, das hinunter zu seinen Fingern wanderte. Er ließ es in das Band fließen und den Kristall erreichen. Der Kristall begann zu schwingen.

Er hatte dies schon mehrmals getan, bevor sie nach San Francisco gekommen waren. Er hatte damit begonnen, als sich Ilarias Zauberkräfte zu zeigen begannen. Und nun, da sie stärker wurden, zeigte der Kristall genauere Messungen an. Es war Zeit, Kontakt aufzunehmen, obwohl er sicher war, dass sie bereits wussten, dass Ilaria hier war. Genau wie Charles die Energie seiner Nichte spüren konnte, konnten das auch andere Hexen. Und diese Tatsache machte seine Suche mit jedem Tag, der verstrich, dringlicher. Bald würden mehr und mehr Hexen sie jagen, und es würde keinen Ort mehr geben, wohin sie fliehen könnten. Keinen Ort mehr, um zu verbergen, was sie war.

Als der Kristall auf eine Stelle auf der Karte fiel, angezogen wie Metall von einem

Magneten, beugte er sich darüber. Golden Gate Park.

Charles erhob sich und packte seine Utensilien weg, zog seine Jacke an und lauschte auf Geräusche von unten. Es war ruhig, aber er wusste, dass die Vampire wach waren. Vorhin hatte er Zane gehört, wie dieser das Haus verließ, um in der Umgebung zu patrouillieren. Er war jetzt zurück und durchschritt unten das Foyer. Kein Mensch wäre in der Lage, das Haus zu verlassen, ohne dass er es mitbekam, denn das Gehör eines Vampirs war so empfindlich, dass es jedes Geräusch erfasste.

Glücklicherweise war Charles kein Mensch, und obwohl er sich nicht so lautlos bewegte wie ein Vampir, so hatte er doch andere Fähigkeiten. Ein Zauberspruch sorgte dafür, dass kein Geräusch aus seinem Schlafzimmer drang, während er das Fenster öffnete und nach draußen spähte. Das Haus stand auf einem steilen Hang, und selbst im ersten Stock waren es auf dieser Seite des Hauses nicht einmal drei Meter bis zum Boden. Charles schlüpfte durch das Fenster, ließ sich am

Fensterbrett nach unten hängen und sprang dann in den überwucherten Garten hinunter. Einen Augenblick blieb er regungslos in der Hocke und lauschte aufmerksam, doch nichts bewegte sich im Haus.

Es dauerte nicht lange, bis er die Hauptstraße erreichte. Er sah sich um. Kein Taxi oder andere Verkehrsmittel waren zu sehen. Es war nicht wichtig. Von dem, was er auf der Karte ausgemacht hatte, war er weniger als drei Meilen von der Stelle im Golden Gate Park entfernt, den der Kristall angezeigt hatte. Charles fing an zu laufen.

Er erreichte bald eine Lichtung umgeben von alten Bäumen und hohen Sträuchern. Mondlicht schien durch die Bäume und warf Schatten auf den Boden. Charles stoppte mitten auf der Wiese und wartete. Er konnte die kollektive Macht spüren, die ihn umgab. Sie war anders als die Energie, die er bei anderen Hexen fühlte. Stärker, viel stärker.

Plötzlich fingen die Schatten an, sich zu bewegen, und trennten sich von den Bäumen. Er blieb stehen und beobachtete, wie sie sich näherten. Drei von ihnen, mehr Schatten als

Form, mehr Geist als lebendige Wesen. Die Hexen des Zeichens. Ihre Aura ließ erkennen, dass sie sich von anderen Hexen unterschieden. Es zog ihn zu ihnen hin wie die Motte zum Licht, ein Zeichen der ihnen innewohnenden Energie, die seine eigene übertraf. Die Luft knisterte voll Elektrizität. Spannung stieg wie Nebel hoch.

„Du hast uns gefunden", ertönte eine ätherisch klingende Stimme, „obwohl du nicht von unseresgleichen bist."

Er nickte. „Ich benötige eure Hilfe."

Einer der Schatten kam näher. „Du bist nicht derjenige, der unsere Hilfe braucht", behauptete eine zweite Stimme. „Dennoch können wir einen von unseresgleichen in der Nähe spüren."

„Meine Nichte Ilaria. Sie ist eine von euch."

„Wie alt ist das Kind?"

„Sie ist kein Kind mehr. Sie ist dreiundzwanzig."

Ein Keuchen durchfuhr die drei Schatten. „Und sie ist noch am Leben?" Eine Gestalt kam näher und schließlich konnte er sie sehen. Eine Frau von unergründlichem Alter, weder schön noch hässlich. Sie musterte ihn. „Und du hast sie während dieser ganzen Zeit beschützt?" Sie murmelte etwas zu sich selbst. „Trotz der Gefahr für dich? Warum?"

„Sie ist mein Fleisch und Blut."

„Sogar Väter und Mütter haben ihre Kinder getötet, sobald sie das Zeichen erkannten und wussten, was die Zukunft bereithielt und in welcher Gefahr sie sich befanden."

„Ich gab ein Versprechen."

Sie nickte. „Wie lange hat sie noch?"

„Nicht mehr lange. Mit jedem Tag kommt das Böse näher."

„Hast du mitgebracht, was wir brauchen?"

Er griff in seine Tasche und zog ein Foto heraus. Er hatte es vor wenigen Tagen aufgenommen und es in einem Self-Service-Foto-Shop ausgedruckt, bevor er nach San Francisco gekommen war. Es war ein Bild von Ilarias Zeichen.

Es wurde ihm aus den Fingern gezogen und in die Luft gehoben, um nur einen Moment später in der Hand der Hexe zu landen. Die Hexe studierte es, bevor sie ihren Kopf hochhob. Überraschung flackerte hell in ihren Augen auf.

„Ich bin überrascht, dass sie dich noch nicht getötet hat."

Das war er auch. Doch er wusste auch, dass er nicht in der Lage sein würde, dieser Kugel noch sehr viel länger auszuweichen. „Werdet ihr sie retten?"

„Will sie gerettet werden?"

10

Roxanne erhob sich und holte eine Pistole aus einem Versteck hinter der Wandverkleidung im Wohnzimmer des Safehauses hervor. Sie trug nicht oft eine Waffe, doch bei bestimmten Einsätzen war sie gerne bis zu den Zähnen bewaffnet.

„Umgebungskontrolle?", fragte Zane.

Sie nickte. „Bin in fünf Minuten zurück."

Grayson steckte seinen Kopf durch die Tür, die in die Küche führte. „Soll ich dich begleiten?"

„Ich bin verdammt noch mal in der Lage, alleine eine Umgebungskontrolle zu machen", knurrte sie und marschierte zur Tür.

„Hey, ich hab ja nur gefragt."

Sie wusste, warum sie den jungen Hybriden angeschnauzt hatte. Sie ärgerte sich noch immer darüber, wie sie mit Charles umgegangen war. Seine Worte hallten noch in ihrem Kopf wider. *Ich werde nicht aufgeben, bis du mir verziehen hast.* Aber wie konnte sie ihm verzeihen, wenn sein Handeln ihr so viele Jahre des Schmerzes bereitet hatte? Wie konnte sie all das hinter sich lassen?

Roxanne schnappte sich ihren Parka von der Garderobe, öffnete die Haustür und ging nach draußen. Ihr Training als Bodyguard setzte ein und sie scannte ihre Umgebung. Das Grundstück, auf dem das Haus stand, hatte hinten eine steile Grasfläche, die in einem dichten Waldstück auf einem Hügel endete. Von der Vorderseite aus blickte man über die Häuser weiter unten. Es war ein guter Standort. Jedes Auto, das die schmale Straße heraufkam, war aus weiter Entfernung sichtbar.

Roxanne umrundete das Gebäude zu dem kleinen Hinterhof und zog den Parka enger um ihren Oberkörper, obwohl sie die kalte Nachtluft nicht wirklich spürte, wenigstens nicht so wie ein Mensch sie spüren würde. Oder ein Hexer. Unfreiwillig hob sie ihre Augen zum ersten Stock hinauf, wo Charles schlief. Durch das offene Fenster sah sie Licht in Charles' Zimmer. Vielleicht schlief er doch nicht. Vielleicht ging er ihr einfach aus dem Weg. Und wenn dem so war, könnte sie es ihm wirklich übelnehmen? Schließlich hatte sie ihn mit offener Feindseligkeit behandelt, selbst nachdem er ihr gestanden hatte, warum er sie hatte verlassen müssen. Jeder vernünftige Mensch hätte seine Erklärung akzeptiert. Jeder vernünftige Mensch hätte ihm mittlerweile verziehen. Doch sie konnte den Verdacht nicht abschütteln, dass er ihr nicht alles gesagt hatte. Seine Weigerung, ausführlich darzulegen, warum er jetzt zurückgekommen war und was er plante, machte sie unruhig.

Sie ließ ihren Blick in Richtung des Gehölzes schweifen, doch dort war alles ruhig. Dann sah sie zurück zum Fenster, als es sie wie ein Blitzschlag traf. Warum stand das Fenster offen? Es war eine kühle Nacht und das Haus war nicht gerade besonders warm. Ein Kribbeln kroch über ihre Haut. Sie drehte auf dem Absatz um und marschierte zum Eingang zurück.

Als sie hineinging, hängte sie ihren Parka zurück auf den Haken und schaute die Treppe hinauf. Suchte sie nur nach einer Ausrede, um mit Charles zu sprechen, oder war sie wirklich wegen des offenen Fensters besorgt? Ganz egal, was der Grund war, sie setzte einen Fuß auf die erste Stufe.

„Gehst du hinauf?"

Sie riss ihren Kopf zur Seite. Zane hatte sie erschreckt. „Musst du dich so herumschleichen?"

„Muss ich nicht." Er brachte ein halbes Lächeln zustande, wenn auch mit Mühe. „Aber ich tue es gern."

„Krank, du bist einfach krank", presste sie heraus und ging hinauf. „Ich sehe nach den beiden."

„Brauchst du Hilfe?"

„Nein."

„Du weißt, was du tust, nehme ich an", sagte Zane mit einem selbstgefälligen

Unterton, der in ihr den Wunsch weckte, ihm eine zu verpassen.

Ja, es war verdammt noch mal ihre Sache, wenn sie mit Charles sprechen wollte. Aber wusste sie wirklich, was sie tat? Indem sie jetzt unter einem Vorwand zu ihm ging, brachte sie sich damit nicht wieder in die gleiche Situation? Würde er sie nicht durchschauen, so wie er es immer getan hatte? Würde er die Frau sehen, die sich eine zweite Chance wünschte, aber nicht die leiseste Ahnung hatte, wie sie es anstellen sollte, wie sie ihre Vergangenheit hinter sich lassen und neu beginnen konnte?

An der Tür zu Charles' Schlafzimmer zögerte sie. In ihrem Inneren tobte ein Kampf.

Erlaube ihm nicht, dich noch einmal zu verletzen, sagte eine Stimme. *Gib ihm noch eine Chance*, mischte sich eine andere ein.

Bevor sie entscheiden konnte, welche Stimme mehr Gewicht hatte, klopfte sie bereits an der Tür. Sie bekam keine Antwort. Aber sie war bereits so weit gekommen. Sie konnte jetzt nicht umkehren.

Sie drehte den Türgriff und öffnete die Tür.
„Charles …"

Ihre Worte starben, als sie das leere, unbenutzte Bett sah. Sie blickte sich flüchtig im Raum um. Charles war weg.

„Scheiße!"

Sie eilte aus dem Raum und lief zu dem Schlafzimmer, in dem Ilaria schlief. Ohne zu klopfen, schwang sie die Tür auf. Das Licht aus dem Flur fiel auf das Bett und warf einen Lichtschein auf die junge Hexe. Roxanne erstarrte. Was sie sah, war unmöglich!

Ilaria lag mit dem Gesicht nach unten, das Bettlaken war bis zu ihren Knien hinuntergerutscht. Sie trug eine Pyjamahose und einen Baumwoll-BH, der fast ihren kompletten Rücken freigab. Sie schwebte einige Zentimeter über dem Bett!

Aber das war nicht das Erschreckendste. Schließlich war sie eine Hexe, und manche Hexen hatten beeindruckende Kräfte. Doch was Roxanne auf Ilarias Rücken sah, war viel erschreckender. Sie schlug sich mit der Hand auf den Mund, um sich am Schreien zu hindern.

Ilaria hatte sie dennoch gehört. Sie fiel plötzlich auf das Bett, wirbelte herum und setzte sich auf, wobei sie nach dem Laken griff, um ihren Oberkörper zu bedecken.

„Das Zeichen", murmelte Roxanne, unfähig ihren eigenen Augen zu glauben.

Ilaria starrte sie wie ein erschrockenes Reh an, rutschte zurück und zog ihre Knie an die Brust, als wollte sie sich schützen.

Doch Roxanne hatte bereits gesehen, was Ilaria zu verbergen versuchte. Ineinander verschlungene Zeichen und Symbole waren auf Ilarias Rücken abgebildet. Das Muster nahm fast die Hälfte ihres Rückens ein. Roxanne hätte es für eine Tätowierung gehalten, wenn sie nicht gesehen hätte, wie die Symbole pulsierten – wie der Herzschlag eines Lebewesens. Was auch immer auf Ilarias Rücken eingebettet war, lebte. Es lebte und es war gefährlich.

„Tu mir nichts!", bettelte Ilaria mit einer so schwachen Stimme, dass Roxanne nicht einmal wusste, ob sie sie sprechen gehört oder einfach den erschrockenen Ausdruck des Mädchens interpretiert hatte.

Das Geräusch von Schritten auf der Treppe kündigte das Nahen ihrer Kollegen an. Roxanne drückte auf den Lichtschalter und tauchte das Schlafzimmer in ein warmes Licht, gerade als Zane und Grayson nach oben gerast kamen und hinter ihr auftauchten.

„Was ist los?", fragte Zane mit einem Ton in seiner Stimme, der anzeigte, dass er in höchster Alarmbereitschaft war.

„Charles ist weg."

„Verdammt!", fluchte Zane.

„Wie zum Teufel kam er an uns vorbei?", fragte Grayson. „Ich habe nichts gehört."

Aber Roxanne wusste nur zu gut, wozu Charles fähig war. Sie hätte darauf vorbereitet sein müssen. „Vermutlich hat er einen Zauber angewandt, um das Haus unbemerkt zu verlassen." Sie starrte Ilaria an. „Wo ist er hin?"

Ilarias Lippen bebten, ihre Augen auf Roxannes Hand gerichtet. Roxanne folgte ihrem Blick und bemerkte erst jetzt, dass sie ihre Waffe gezogen hatte und diese noch in der Hand hielt. Kein Wunder, dass Ilaria Angst hatte. Langsam steckte Roxanne die Pistole in das Halfter, doch bevor sie ihre Frage wiederholen konnte, klingelte ihr Handy. Sie zog es aus ihrer Hosentasche und sah den Namen des Anrufers.

„Haven", sagte sie zu ihrem Kollegen und hielt das Handy ans Ohr. „Was hast du für mich?"

„Es wird dir nicht gefallen", begann der ehemalige Hexer, der nun ein Vampir war.

„Lass das mich entscheiden."

„Gut, ich fand ziemlich viel Material über Zeichen und so. Aber das meiste war uninteressant, außer einem besonderen Zeichen. Es wird *Kainsmal* genannt. Jede Hexe, die mit dem *Kainsmal* geboren wird, gilt als Eigentum des Teufels, wird als böse geboren angesehen. Es heißt, sobald diese Hexe all ihre Macht erhält, wird sie in der Lage sein, die Menschheit zu zerstören."

„Scheiße!"

„Du sagst es", antwortete Haven. „Die Hexen, die das Zeichen tragen, werden von allen Hexenclans gejagt. Sie werden wegen ihrer Kräfte gefürchtet, weil sie sie für das Böse einsetzen, deshalb haben die guten

Hexen dieser Welt eine Gruppe von Jägern zusammengestellt, deren einzige Mission es ist, die Hexen mit dem Zeichen zu töten."

„Gibt es etwas darüber, wie dieses Zeichen aussieht?", fragte Roxanne, obwohl sie die Antwort bereits kannte.

„Ich lese es dir vor: Das Zeichen manifestiert sich als Muttermal in Form eines Pentagramms und wächst mit jedem Jahr zu einem ineinander verschlungenen Muster von Symbolen –"

„– und pulsiert, als wäre es lebendig", beendete Roxanne den Satz.

„Wie zum –"

„Ich habe gerade eins gesehen."

„Oh Scheiße! Ihr müsst weg, jetzt sofort!", schrie Haven durchs Telefon. „Wenn es pulsiert, will das Böse durchbrechen. Ihr könnt es nicht stoppen. Sobald das Böse sich losgemacht hat, kann niemand es besiegen."

„Danke, Haven, ich behalte das im Hinterkopf."

„Roxanne, du musst –"

Roxanne beendete den Anruf und schob das Telefon zurück in ihre Hosentasche. Ein flüchtiger Seitenblick bedeutete ihr, dass ihre Kollegen jedes Wort, das Haven gesagt hatte, gehört hatten.

Die Waffen der beiden waren auf Ilaria gerichtet. Ilaria kreischte.

„Ich bin nicht böse", wimmerte Ilaria. „Bitte, ich bin nicht böse. Ich kämpfe dagegen an. Charles, er hilft mir, es zu bekämpfen." Tränen liefen ihre Wangen hinab.

Roxanne hatte noch nie jemanden gesehen, der so voller Angst war. Als sie in Ilarias Augen blickte, war plötzlich ihre eigene Vergangenheit wie weggewischt, und alles, was sie sah, war ein Kind, das Schutz brauchte, ein Kind, das getötet worden wäre, wenn es nicht jemanden gehabt hätte, der seine eigenen Wünsche beiseiteschob, um es zu beschützen.

„Ich tue dir nichts", sagte Roxanne leise und näherte sich langsam, um das Mädchen nicht noch mehr zu verschrecken.

„Bleib zurück, Roxanne", warnte Zane. „Es ist nicht sicher."

Sie schaute über ihre Schulter und bedeutete ihm, ruhig zu bleiben. „Sie ist nur ein Mädchen." Dann ging sie weiter auf Ilaria zu.

Ilaria beobachtete jeden ihrer Schritte und zitterte unkontrollierbar. „Nein." Sie hob ihre Hand. „Bitte. Komm nicht näher. Was, wenn es versucht, dir wehzutun?"

„Du wirst es nicht zulassen", redete Roxanne sanft auf sie ein. „Du bist stärker als es." Zumindest hoffte sie das. Ilaria *musste* stärker als das Böse sein, das versuchte, sie zu beherrschen. Oder sie würden alle umkommen.

Roxanne schluckte ihre Furcht hinunter und setzte sich auf das Bett, dann zog sie Ilaria sanft in ihre Arme. Einige Sekunden lang blieb Ilaria steif, doch dann schlang sie zögernd ihre Arme um Roxanne und hielt sie so fest, als hinge ihr Leben davon ab. Roxanne strich mit ihrer Hand über das Haar des Mädchens, als das Geräusch der Haustür, die zugeschlagen wurde, sie aufrüttelte. Ilaria schrie auf. Unter ihrer anderen Hand fühlte Roxanne das Zeichen von neuem pulsieren.

„Hilf mir", flehte Ilaria.

11

Charles rannte die Treppe hinauf; Panik verlieh ihm Flügel. Er hatte Ilarias Schrei gehört und ihre Furcht gespürt. Etwas war geschehen und er hoffte, dass er nicht zu spät kam.

In dem Moment, in dem er den ersten Stock erreichte, stellte sich ihm Zane, eine Waffe auf ihn gerichtet, in den Weg.

„Was zum Teufel?", fluchte Charles.

„Wo warst du?", knirschte Zane mit zusammengepresstem Kiefer, während seine Augen rot leuchteten.

„Was habt ihr Ilaria getan?"

Er schob den glatzköpfigen Vampir aus

dem Weg, stieß ihn mit einem magischen Energieschub gegen die Wand und stürmte durch die offene Tür in Ilarias Zimmer. Dort blieb er abrupt stehen. Die Szene, die sich in Ilarias Raum abspielte, war in keinster Weise das, was er erwartet hatte.

Obwohl Grayson ebenso bewaffnet war wie Zane, hatte dieser seine Waffe gesenkt und starrte die beiden Frauen auf dem Bett stumm an: Roxanne hielt eine weinende Ilaria in ihren Armen und tröstete sie, während sie ihren entblößten Rücken streichelte und das pulsierende Zeichen beruhigte. Charles' Kinnlade fiel herunter, als er sah, wie das Zeichen begann, langsamer zu pulsieren, wie das Böse unter Roxannes sanfter Berührung schwächer wurde. Langsam verwandelte sich Ilarias rote Aura vor seinen Augen in Lila, dann in Blau, bis sie schließlich immer heller wurde.

Roxanne hatte offenbar sein Erscheinen gehört oder gespürt und wandte ihren Kopf zu ihm. In ihren Augen lag Mitgefühl und Verständnis.

„Dein Onkel ist hier", sagte sie leise zu

Ilaria und gab ihm ein Zeichen näherzukommen.

Seine Füße trugen ihn zum Bett, und langsam, sachte, schälte sich Roxanne aus Ilarias Umarmung heraus und übergab das Mädchen an ihn.

„Ich hatte solche Angst", flüsterte Ilaria gegen seinen Hals.

Er strich mit seiner Hand über ihr Haar. „Ich bin jetzt da, Schatz, ich bin da. Alles wird gut werden."

Sie hob ihren Kopf und ein Hoffnungsschimmer glänzte in ihren Augen. „Hast du sie gefunden?"

Er nickte.

Ein Schauer durchlief sie und ihre Stimme erbebte, als sie eine zweite Frage stellte: „Werden sie mir helfen?"

Er lächelte und küsste sie auf die Stirn. „Sie kommen morgen Abend, um dich zu holen."

Jegliche Anspannung verließ ihren zierlichen Körper und sie sackte gegen ihn.

„Ruh dich jetzt aus. Ich bin in deiner Nähe."

Sie nickte und erlaubte ihm, sie ins Bett zu packen, bevor er sich erhob und sich zu

Roxanne umwandte. Roxanne und Grayson hatten sich zur Tür zurückgezogen. Zane stand jetzt hinter ihnen und starrte ihn mit offener Feindseligkeit an. Da niemand sich bewegte, deutete Charles auf den Flur hinter ihnen.

„Unten", sagte Charles.

„Jemand muss sie beobachten", brummte Zane und gestikulierte mit der Waffe in der Hand.

„Nein", beharrte Charles. Wenn Ilaria eine Bedrohung spürte – und es war schwer, Zane nicht als Bedrohung zu sehen – würde das Böse in ihr wieder stärker werden und versuchen, sich zu schützen. „Es geht ihr gut."

Noch trat Zane nicht zurück. Zu Charles' Überraschung sagte Roxanne plötzlich: „Lass es sein, Zane. Wir besprechen es unten."

Zane knurrte und seine Augen verengten sich, doch dann drehte er sich um und marschierte in Richtung Treppe.

Charles tauschte einen Blick mit Roxanne aus. Er konnte die vielen Fragen in ihren Augen sehen. Und jetzt endlich würde er sie alle beantworten.

Kurze Zeit später stand er Zane, Grayson und Roxanne im Wohnzimmer gegenüber.

„Du hättest mir das sagen müssen", fing Roxanne an.

Charles stieß einen Atemzug durch seine Nasenlöcher aus und fuhr sich mit der Hand durchs Haar. „Scanguards hätte mir nie geholfen, wenn ich euch gesagt hätte, wie gefährlich die Situation ist."

„Du meinst, wie gefährlich Ilaria ist", unterbrach Zane mit feindseligem Ton.

Charles funkelte ihn an. „Es ist nicht Ilaria, die gefährlich ist. Es ist das Zeichen. Das Böse in ihr."

Aber Zane war mit dieser Erklärung nicht zufrieden. „Das kommt aufs Gleiche hinaus!"

Roxanne hob ihre Hand, um ihren Kollegen zurückzuhalten. „Lass ihn erklären."

Charles nickte, dankbar, dass Roxanne ihn nicht völlig verurteilte. Schließlich hatte sie allen Grund, das zu tun: Er hatte ihr wesentliche Informationen vorenthalten, sie in der Tat angelogen, obwohl er es gehasst hatte, das zu tun. Aber die Zeit der Lügen war jetzt vorbei.

„Das Zeichen, das Ilaria auf ihrem Rücken trägt, ist etwas, das jede Hexe fürchtet. Generationen von Hexen haben versucht, es auszurotten, weil es das Böse in dieser Welt verbreitet und seinen Wirt zu einem willenlosen Mitspieler macht, sobald er oder sie den Widerstand aufgegeben hat. Die Art und Weise, dieses Übel auszurotten, war immer gewesen, die Hexe, die es trägt, zu töten. Das ist unsere Pflicht. Damit wir sicher sind, wir *und* ihr." Er sah Zane direkt an, dann Roxanne. „Ich weiß, dass Scanguards mit Hexen zusammenarbeitet. Hätte ich euch die wahre Bedeutung von Ilarias Zeichen erklärt, so hätte jede Hexe in eurer Bekanntschaft euch angewiesen, Ilaria sofort zu töten."

„Nachdem ich gesehen habe, wie das Zeichen pulsiert, hätte ich niemanden gebraucht, der mir sagt, es zu erschießen", knurrte Zane.

Charles nickte. „Das erste Mal, als es anfing zu pulsieren, hatte ich auch Angst. Aber Furcht macht es nur schlimmer. Sie gibt dem Zeichen Macht." Er betrachtete Roxanne und sein Herz wurde weich, als er sich daran erinnerte, wie sie seine Nichte getröstet hatte. „Du hattest keine Angst. Du hast Ilaria geholfen, dagegen anzukämpfen. Ich danke dir dafür."

„Haven hat mich gewarnt", sagte Roxanne.

„Haven?"

„Ein Kollege. Ich habe ihn gebeten, Nachforschungen für mich anzustellen. Er fand Schriften über das Zeichen. Er rief mich gerade an, als ich merkte, dass du fort warst. Ich ging in Ilarias Zimmer. Sie schlief, aber das Zeichen schlief nicht."

Charles' Herz stoppte. „Es war aktiv, während sie schlief?"

Als Roxanne mit zusammengezogenen Brauen nickte, schluckte er schwer.

„Was bedeutet das?", fragte sie, offenbar besorgt, weil er für einige Sekunden stumm blieb.

„Ihr setzt euch besser hin."

Alle drei Leibwächter blieben stehen, und alle drei schienen plötzlich ihren Stand zu verbreitern, als würden sie sich auf einen Kampf vorbereiten. Ihre Instinkte waren stark und er hoffte, dass sie auf seiner Seite sein würden, sobald der unvermeidliche Kampf folgte. Schulterzuckend korrigierte Charles: „Tja, im Stehen geht es auch."

Charles sah zur Decke hoch und lauschte, doch oben war alles ruhig. Dann senkte er seinen Blick und betrachtete die drei Vampire. „Eine von tausend Hexen wird mit dem Zeichen geboren. Es sieht zuerst wie eine perfekte Tätowierung aus. Ein kleines Pentagramm. Es hat keine Kraft, wenn es so klein ist. Doch während es wächst, reift es und es bilden sich mehr Zeichen und Symbole. Es wird stärker. Und es fängt an, das Kind zu beeinflussen und Kontrolle über es auszuüben. Das Kind wird schwierig im Umgang. Es schlägt um sich, schlägt seine Eltern, seine Geschwister, jeden, den das Zeichen als Bedrohung empfindet." Er seufzte tief. „Als Ilaria als drei Monate altes Baby in meine Arme gelegt wurde, wusste ich, dass es schwierig sein würde, sie auf den rechten Weg zu führen und ihr die Stärke zu geben, dem Bösen zu widerstehen. Ich hatte keine Ahnung, wie viel es mich kosten würde."

Er sah Roxanne an und suchte ihre Augen,

um ihr zu verstehen zu geben, was es ihn gekostet hatte: Roxannes Liebe.

„Ich wusste, dass das Vernünftigste gewesen wäre, meine Nichte zu töten, damit sie nie leiden muss und nie jemandem wehtun kann."

„Es war verdammt noch mal egoistisch von dir, sie am Leben zu lassen!", knurrte Zane.

„Egoistisch? Nenn es, wie du willst. Aber ich habe ihrer Mutter ein Versprechen gegeben. Ich war hin- und hergerissen und in jenen Momenten, in denen ich zweifelte, gab Ilaria mir das größte aller Geschenke: die Liebe eines Kindes zu seinem Elternteil." Er spürte Tränen in seinen Augen aufsteigen und wandte sich ab, wobei er Interesse an dem alten Kamin vortäuschte. „Da wusste ich, dass ich sie nie töten könnte. So gut ich konnte, verbarg ich, was sie war. Wir blieben nie lange am gleichen Ort. Und die ganze Zeit habe ich nach den anderen Hexen des Zeichens gesucht."

„Es gibt noch mehr wie sie?", murmelte Roxanne.

Er ließ sich Zeit zu antworten. „Ja. Genau

so wie Ilaria, aber trotzdem anders. Sie haben das Böse besiegt, und jetzt kontrollieren *sie* das Zeichen auf ihrem Körper. Das Zeichen hat keine Kontrolle mehr über sie." Er drehte sich um, um Roxanne und ihre Kollegen wieder anzusehen. „Versteht mich nicht falsch, sie sind immer noch mächtige Hexen, mächtiger als ich oder irgendeine andere Hexe, die ich kenne. Wenn sie in der Nähe sind, kann man ihre Macht spüren. Es zieht einen zu ihnen; man ist ihrer Gnade ausgeliefert. Aber sie tun niemandem weh, außer sie fühlen sich bedroht. Sie werden nicht mehr von dem Bösen gesteuert."

„Wie?", fragte Roxanne.

„Ich weiß es nicht. Möglicherweise ist es ihre geballte Willenskraft, möglicherweise ein geheimes Ritual. Niemand weiß es. Es ist ihr Geheimnis, eines, das sie nur mit ihresgleichen teilen. Ich weiß nur, dass ich Ilaria in ihre Obhut geben muss. Es ist ihre einzige Rettung. Und unsere." Er suchte Roxannes Augen. „Ich habe dich angelogen, als ich sagte, dass die Hexen, die uns versteckten, dich getötet hätten, wenn ich dich mitgenommen hätte, weil du eine Vampirin bist. Das ist nur zum Teil wahr."

„Was?" Grayson krächzte und warf einen verwirrten Blick wie bei einem Tischtennisspiel zwischen Charles und Roxanne hin und her. „Ihr kennt euch von früher?"

„Oh bitte, wach auf", brummte Zane. „Das konnte doch jeder sehen, aber offenbar hattest du nur Augen für das Mädchen."

„Mistkerl!", zischte Grayson Zane an.

„Wie Roxanne und ich uns kennengelernt haben, ist eine Geschichte für ein anderes Mal", sagte Charles zu Grayson, bevor er wieder Roxanne ansah. „Ich wusste nicht, ob ich das Böse in Ilaria würde unterdrücken können. Wenn ich dich auf unserer Flucht mitgenommen hätte, hätte Ilaria dich während einer ihrer Anfälle töten können." Und dafür hätte er sich nie vergeben können.

„Anfälle?", fragte Grayson jetzt.

„Momente, wenn das Zeichen versucht, Einfluss über sie auszuüben. Sie greift in diesen Momenten jeden an und wird gewalttätig. Je mehr Furcht und Hass die Leute um sie herum während dieser Episoden zeigen, desto heftiger reagiert das Zeichen." Er lächelte Roxanne an. „Indem du ihr vertraut hast, dass sie dich nicht verletzt, hast du ihr geholfen, dagegen anzukämpfen. Ich sah, wie sich ihre Aura vor meinen eigenen Augen geändert hat – von einem explosiven Rot zu einem ruhigen Blau."

„Ich konnte nicht sehen, dass sich die Farbe ihrer Aura geändert hat", sagte Roxanne.

„Nur Hexen können die Aura ihrer Mithexen in solcher Deutlichkeit sehen. Andere übernatürliche Geschöpfe können nur wahrnehmen, dass ihre Aura die einer Hexe ist. Ich sah die Veränderung, als du sie getröstet hast. Du hast das Böse zurückgedrängt. Fürs Erste. Doch nicht für lange."

Roxanne atmete schwer, offenbar bewegt durch seine Worte. „Und was machen wir jetzt?"

„Unterstützung holen, bevor Ilaria jemanden tötet", schnauzte Zane sie an.

Roxanne wirbelte zu ihm herum. „Hast du nicht gehört, was Charles gerade sagte? Wenn wir Furcht und Hass zeigen, bricht das Böse hervor."

„Was schlägst du dann vor? Sie knuddeln, damit sie und wir in Sicherheit sind?", schnaubte Zane angewidert.

„Obwohl das ein wenig stark vereinfacht ist, ist es eine vorübergehende Hilfe", musste Charles zugeben.

Zane starrte ihn an und knirschte: „War ein Scherz."

„Wäre fast drauf reingefallen." Charles bezweifelte, dass der Vampir zu einem Scherz fähig war. Oder einem Lächeln. Eine zärtliche Umarmung würde Charles' Vorstellungskraft gänzlich überstrapazieren.

„Charles, bleib bei der Sache", verlangte Roxanne. „Was kann getan werden?"

„Ich habe es bereits getan."

„Was?", fragte Zane voller Misstrauen.

„Heute Abend habe ich die Hexen aufgesucht, die ihr Kainsmal besiegt haben. Sie sind bereit, Ilaria in ihre Obhut zu nehmen und ihr zu helfen, das Böse zu bekämpfen. Morgen Abend."

„Oh Mist", fluchte Zane. „Noch mehr verdammte Hexen."

„Ich weiß nicht, was du gegen Hexen hast",

warf Grayson ein und verschränkte seine Arme über seiner Brust. „Ich mag sie."

„Du willst nur seiner Nichte an die Wäsche", murrte Zane.

Vor Ärger begannen die Augen des Hybriden rot zu glühen. „Sei nicht so respektlos. Ihr Onkel kann dich hören."

Aber Zane machte sich nichts aus solch einem kleinen Detail. „Ich bin verdammt nochmal nicht blind."

„Hört auf!", rief Roxanne verärgert aus. „Alle beide! Wir müssen eine Entscheidung treffen."

„Ich habe meine bereits getroffen", meinte Zane.

Sie starrte ihn wütend an. „Als Team." Dann sah sie zu Charles, und ihr Ausdruck wurde weicher. „Schaffst du es, sie bis morgen Abend zu besänftigen?"

Kaum. Nun, da das Böse sich zeigte, während sie schlief, würde es nicht mehr lange dauern, bis Ilaria ihren Heldenkampf verlieren würde. „Ich werde Hilfe brauchen."

„Alles, was ich tun kann", bot Roxanne an.

„Nicht von dir." Er zeigte auf Grayson. „Von ihm."

Grayson zeigte auf seine Brust, die ein wenig anzuschwellen schien. „Von mir?" Er grinste. „Was soll ich tun?"

„Wie bist du mit Komplimenten?"

Grayson verzog das Gesicht. „Was ...?"

„Wenn Ilaria aufwacht, möchte ich, dass du sie ablenkst. Mach ihr Komplimente, flirte mit ihr. Beschäftige sie. Lass sie denken, dass du an ihr interessiert bist, so wie ein junger Mann an einer jungen Frau interessiert ist. Sag ihr, dass sie hübsch ist."

„Gut, aber warum?", fragte Grayson, offensichtlich verwirrt, doch definitiv interessiert.

„Weil Liebe ihr hilft, das Böse zu bekämpfen. Als Ilaria dich zum ersten Mal sah, veränderte sich ihre Aura in das reinste Weiß, das ich je gesehen habe. Es bedeutet Güte und Reinheit. Irgendwie, wenn sie mit dir zusammen ist, ist sie stärker, viel stärker, als ich sie je gesehen habe. Wenn sie glaubt, dass sich ein gut aussehender junger Mann für sie interessiert, wird ihr das mehr helfen, als ich das in diesem Stadium könnte. Das wird möglicherweise ausreichen, uns durch die nächsten vierundzwanzig Stunden zu bringen, bis die Hexen kommen, um sie mitzunehmen."

„Selbstverständlich kann ich das tun. Kein Problem." Die Worte kamen aus Graysons Mund herausgestottert, doch Charles entging das Grinsen nicht, das sich auf Graysons Lippen ausbreitete.

„Das ist so was von krank", brummte Zane mehr zu sich selbst.

Charles ignorierte ihn und wandte sich stattdessen an Grayson. „Oh, und Grayson, das ist kein Freibrief, ihr an die Wäsche zu gehen. Verstehst du mich?"

„Sicher."

Charles musste sich von dem grinsenden Gesicht des Hybriden abwenden, oder er hätte ihm wahrscheinlich eine Ohrfeige verpasst. Aber im Augenblick glaubte er nicht, eine andere Wahl zu haben. Ilaria befand sich zu nahe am Abgrund. Ein falsches Wort konnte die Balance der Kräfte zwischen ihr und dem Bösen in ihr aus dem Gleichgewicht bringen. Ein junger Bursche wie Grayson war im Moment vermutlich genau die richtige Medizin.

„Ich bin immer noch dafür, dass wir Unterstützung anfordern", beharrte Zane jetzt.

„Ich dachte, du hast gesagt, dass du für zwei zählst", antwortete Charles. Er wurde der kampflustigen Haltung des Vampirs langsam müde.

„Netter Versuch, mein Freund, aber mich zu beleidigen ändert meine Entscheidung nicht. Roxanne, ich rufe im Hauptquartier an, ob es dir passt oder nicht. Dies ist ein Job für mehr als drei Leute. Besonders da Romeo hie –r" Er deutete auf Grayson. „– nicht zu gebrauchen sein wird, sollte etwas schief gehen."

Sie nickte. „Gut. Fordere Unterstützung an, aber sie dürfen nicht ins Haus kommen. Ich will nicht, dass Ilaria sich bedroht fühlt. Lass sie in der Umgebung Stellung beziehen."

Zane zog sein Telefon aus der Tasche und ging in die Küche.

„Grayson, warum gibst du uns nicht einen Moment", sagte Roxanne.

„Warum ... äh ... oh. Sicher, ja. Ich werde ... mir die Hände waschen, oder so was." Er schlenderte ungeschickt hinaus in den Flur und verschwand im Gästebad.

Plötzlich allein mit Roxanne, breitete sich Schweigen zwischen ihnen aus. Charles verlagerte sein Gewicht von einem Fuß auf den anderen. Er hatte alles gestanden. Es gab keine Geheimnisse mehr. Keine Lügen. Jetzt musste er herausfinden, wo sie standen.

Dennoch zögerte er. Er hatte alles gesagt, was es zu sagen gab. Es gab nichts mehr, was er gestehen musste. Er hatte ihr bereits gesagt, dass er sie liebte. Dass er nie eine andere Frau nach ihr berührt hatte. Dass er sie noch immer wollte.

Sie war am Zug. Es lag jetzt an ihr, den nächsten Schritt zu machen.

Roxanne machte eine Geste, als würde sie sich auf etwas Wichtiges vorbereiten. Sein Herz machte einen Satz und füllte sich mit Hoffnung.

Doch was auch immer Roxanne hatte sagen oder tun wollen, geschah nicht.

Denn der Boden unter ihren Füßen begann zu beben.

12

Das Erdbeben konnte nicht mehr als eine Stärke von 5,5 auf der Richterskala angezeigt haben. Dennoch schlug Roxannes Herz schneller und sie versteifte sich, während die gewohnten rollenden Wellen versuchten, sie ihres Gleichgewichts zu berauben.

Nach zehn Sekunden war das Ganze vorbei. Sie sah sich rasch um. Ein Gemälde an der Wand hing schief, doch es war nicht heruntergefallen. Eine Vase war umgekippt, doch sie war sicher auf einem Kissen gelandet.

Roxanne seufzte erleichtert und schenkte Charles, der ein wenig verwirrt dreinblickte, ein beruhigendes Lächeln. „Vermutlich nur eine 5 auf der Richterskala."

„Eher 5,3", kam Graysons Antwort aus dem Flur, während er ins Wohnzimmer schlenderte.

Die Tür hinter Roxanne öffnete sich.

„Gerade mal 4,8", behauptete Zane, der aus der Küche kam.

„Du bist nicht einmal ein gebürtiger Kalifornier", sagte Grayson. „Was weißt du schon über Erdbeben?"

Roxanne verdrehte die Augen. Je mehr Zeit die beiden miteinander verbrachten, umso mehr konkurrierten sie miteinander.

„Mehr als du, da ich schon länger in diesem Staat lebe als du." Zane zog sein Telefon aus seiner Tasche und wedelte damit in Graysons Richtung. „Wollen wir wetten, dass ich recht habe?"

Doch anstatt zu antworten, wandte Grayson seinen Kopf in Richtung Flur. „Das Erdbeben hat Ilaria aufgeweckt."

Roxanne spitzte die Ohren. Grayson hatte recht.

„Ich sehe nach ihr", sagte Charles und eilte schon in Richtung Treppe, während er Grayson zuwinkte. „Du kommst mit. Ich bezweifele, dass sie jetzt schlafen will. Es gibt wahrscheinlich Nachbeben. Jemand sollte ihr Gesellschaft leisten."

Grayson grinste und folgte Charles nach oben. Roxanne beobachtete die beiden, wie sie verschwanden, und hörte, wie sie Ilarias Zimmer betraten.

„Verdammte Erdbeben", murmelte Roxanne und drehte sich zu Zane um, der das Handy am Ohr hatte.

„Hey, Baby Girl", sagte er mit sanftem Ton, einem Ton, der viel weicher und zärtlicher war als der, den er seinen Kollegen gegenüber anschlug. Wenn er mit seiner Frau sprach, klang Zane freundlich. Offenbar verstand es Portia, seine blutgebundene Gefährtin, Zanes harte Schale aufzubrechen.

„Wie geht es dir und den Jungs? Ist jemand verletzt worden?"

Roxanne beschäftigte sich damit, das Gemälde an der Wand wieder geradezurücken, um nicht Zanes Gespräch mitzuhören.

„Über das Erdbeben natürlich", sagte Zane und seine Stimme wurde jetzt ein wenig lauter.

Etwas in seinem Ton bewirkte, dass Roxanne ihn nun ansah. Sie bemerkte die tiefen Runzeln, die jetzt auf seiner Stirn erschienen. Ihre Blicke trafen sich. Etwas stimmte nicht.

„Also hast du es nicht gespürt?", brummte Zane und hörte auf ihre Antwort. „Nein, nein, es war nicht stark. Vielleicht gerade mal eine 3 auf der Richterskala." Seine Augen weiteten sich alarmiert, während die Lüge über seine Lippen rollte. „Ich wollte dich nicht beunruhigen. Nein, hier ist alles in Ordnung. Drück die Jungs von mir, okay? Ich liebe dich, Baby Girl." Er beendete das Gespräch.

„Es kann nicht sein, dass Portia das nicht gespürt hat", sagte Roxanne.

„Genau." Er tippte etwas auf seinem iPhone. „Wir sind hier auf Grundgestein, mein Haus ist das nicht. Wenn wir es hier gespürt haben, müsste sich mein Haus noch heftiger bewegt haben."

Roxanne näherte sich, um auf sein Handy zu blicken. „Was sagt der California Geological Survey? Schon irgendwelche Warnungen?"

Zane schüttelte den Kopf. „Nein."

Roxanne zog ihr eigenes Telefon heraus und öffnete eine Social Media-Seite. „Social Media ist schneller als das geologische Institut. Ich wette mit dir, dass ein paar hundert Jugendliche bereits darüber gepostet oder gezwitschert haben, oder was auch immer sie tun." Sie scrollte durch eine Vielzahl von Posts. Kein einziger erwähnte ein Erdbeben in Nordkalifornien.

„Ich rufe im Hauptquartier an", sagte Zane. Sein bestimmter Ton machte die Dringlichkeit deutlich.

Sie nickte, als sie Geräusche auf der Treppe hörte. Charles' lange Beine kamen in ihr Blickfeld und sie ging ihm entgegen, als er die Treppe herunter kam. Sie trafen sich im Türrahmen.

„Geht es ihr gut?"

Er nickte. „Nur ein wenig aufgerüttelt. Aber Grayson erzählt ihr gerade Geschichten über seine Geschwister und wie sie ein Spiel daraus machten, die Stärke eines Erdbebens zu schätzen." Er lächelte. „Es scheint sie abzulenken."

„Gut. Denn irgendetwas stimmt hier nicht."

„Was?" Charles klang sofort alarmiert.

Sie winkte ihn ins Wohnzimmer und vom Flug weg, in dem ihre Stimmen nach oben getragen werden konnten.

„Wir können keine Bestätigung für ein Erdbeben finden", erklärte sie.

Seine Augen verengten sich. „Wie bitte? Ich habe doch gespürt, dass sich die Erde unter meinen Füßen bewegt hat."

„Fuck!", fluchte Zane, und Roxanne und Charles wirbelten die Köpfe in seine Richtung. „Es gab kein Erdbeben. Nirgendwo in der Stadt. Wir sind die Einzigen, die es gespürt haben."

Roxanne rieb sich den Nacken und versuchte, das unbehagliche Gefühl abzuschütteln, das jetzt ihre Wirbelsäule hinunter glitt. „Was war es dann?"

„Eine Warnung", murmelte Charles.

Sie warf ihm einen fassungslosen Blick zu. „Von den Hexen des Zeichens?"

„Nein. Von denen, die Ilaria töten wollen. Und es ist meine Schuld, dass sie uns gefunden haben."

Charles fühlte die kalte, harte Wirklichkeit über ihn hereinbrechen. Er hatte gewusst, dass, wenn er seine Zauberkräfte einsetzte, um die Hexen des Zeichens zu finden, es einfacher für die Hexenjäger werden würde, die ihn und Ilaria schon über zwei Jahrzehnte jagten. Je mehr und je öfter sie ihre Macht – seine und Ilarias – benutzten, umso größer war das Risiko, dass sie dadurch einen magischen Fußabdruck hinterließen, der stark genug war, um von anderen Hexen gelesen zu werden. Solange er seine und Ilarias Magie verborgen gehalten hatte und immer weitergezogen war, waren die Hexen, die Ilaria töten wollten, nicht in der Lage gewesen, ihn oder seine Nichte aufzuspüren. Aber als Ilaria begonnen hatte, ihre vollen Kräfte zu erlangen, war es schwieriger geworden, unentdeckt zu bleiben. Und heute Abend hatten das Auspendeln nach den Hexen des Zeichens sowie Ilarias Anfall den Topf zum Überkochen gebracht und ihren Feinden genug Hinweise geliefert, um sie aufspüren zu können. Das Spiel war aus.

„Ich habe heute Abend meine Zauberkräfte benutzt", erklärte er Roxanne, doch sie hörte nicht einmal zu.

Sie war bereits zur Tat geschritten und riss eine geheime Wandvertäfelung im Wohnzimmer auf, die eine Reihe Waffen beherbergte. Sie und Zane bewaffneten sich und tauschten kurze Anweisungen aus.

„Kannst du schießen?", bellte Zane Charles an, bereit, ihm eine Waffe und ein Magazin zuzuwerfen.

Doch Charles hob abwehrend seine Hand. „Ich benötige keine Pistole. Hexen bekämpft man am besten mit Hexerei."

Zane knurrte und berührte das Messer, das in dem Halfter an seiner Hüfte steckte. „Sogar Hexen sterben, wenn du sie erstichst oder erschießt." Er lud eine halbautomatische Pistole. „Ich vertraue der hier."

Neben ihm sah Roxanne ebenfalls kampfbereit aus. Sie hielt eine Pistole in ihrer behandschuhten Hand und griff nach ein paar Wurfsternen und verstaute diese in ihren Taschen.

Sie sah ihn jetzt an. „Wie werden sie angreifen?"

Charles näherte sich ihr. „Sie werden uns zahlenmäßig überlegen sein. Nach der Stärke des Bebens zu urteilen, würde ich sagen, dass mindestens ein halbes Dutzend von ihnen dort draußen sind."

„Unterstützung ist bereits auf dem Weg", versicherte Roxanne ihm.

„Sie werden nicht rechtzeitig hier sein." Er schätzte, dass die Fahrt vom Scanguards' Headquarter mindestens zwanzig Minuten, wenn nicht länger, dauerte.

„Lass das unsere Sorge sein", warf Zane ein.

„Alles, was wir tun müssen, ist sie hinzuhalten, bis Unterstützung hier ist", erklärte Roxanne und blickte schnell zu ihrem Kollegen. „Grayson kann die Rückseite übernehmen, du und ich nehmen die Vorderseite."

„Nein!", protestierte Charles. „Grayson muss bei Ilaria bleiben, damit sie die Ruhe behält. Sobald sie spürt, dass wir angegriffen werden, wird das Böse in ihr erwachen. Es wird uns alle vernichten, um sich zu retten, und wir können nichts dagegen unternehmen."

Er bemerkte, dass Roxannes Lippen bebten, während sie ihn anstarrte, als hätte er den Verstand verloren. „Wie kommt es dann, dass du noch am Leben bist?"

„Bis jetzt war ich immer noch stärker als sie. Aber was jetzt geschehen wird, wird sie an den Abgrund zwingen. Das können wir nicht zulassen. Wenn die Hexen den Kampf in dieses Haus verlagern, wird niemand in der Lage sein, das Böse zu stoppen."

„Verdammt!", fluchte Zane. „Und alle wundern sich, warum ich Hexen hasse. Da hast du's."

Charles ignorierte ihn und wandte seinen Blick zu Roxanne. „Wir müssen sie weglocken. Es wird nicht einfach sein, und der Trick wird nur kurzzeitig wirken. Aber es könnte uns vielleicht genug Zeit verschaffen, bis die Kavallerie eintrifft."

Roxannes Augen wurden weit. „Was planst du?"

„Irreführung."

13

„Bereit?", fragte Charles zehn Minuten später und spähte aus dem Küchenfenster, von dem aus man den Garten und den steilen Hang sehen konnte.

„Das wird nie funktionieren", fühlte sich Roxanne gezwungen zu sagen, obwohl Charles seinen Plan bis ins kleinste Detail erklärt hatte. Er hatte auch Grayson Anweisungen gegeben, was er zu tun hatte, sobald Charles, Roxanne und Zane draußen waren.

Obwohl Zane die Idee auch nicht ideal fand, hatte er ihr doch zugestimmt. „Besser als

Däumchen zu drehen und darauf zu warten, dass sie uns angreifen."

Roxanne, die sich größere Sorgen darüber machte, Ilaria allein zu lassen als über ihre eigene Sicherheit, blickte Charles in der Hoffnung, ihn umzustimmen, an. „Was, wenn sie es gleich durchschauen? Dann wäre Ilaria schutzlos."

„Werden sie nicht." Charles' Stimme spiegelte, ebenso wie sein entschlossener Gesichtsausdruck, Selbstvertrauen wider. „Hab ein wenig Vertrauen in meine Fähigkeiten. Weißt du nicht mehr, wozu ich fähig bin?"

Ihre Blicke trafen sich und für ein paar Sekunden erinnerte sie sich an die Dinge, die sie in der Vergangenheit mitangesehen hatte. Sie erinnerte sich an die Macht, die in seinen Adern floss. „Vertrau mir, Liebste", sagte er so leise, dass sie sich fragte, ob er es wirklich gesagt hatte oder ob sie sich das nur eingebildet hatte.

„Es ist Zeit", meldete sich Zane. „Ich kann sie hören."

Charles legte seine Hand auf Roxannes Kopf und schloss die Augen. Sie spürte, wie

Wärme in sie hineinfloss, sich in ihr ausbreitete und etwas veränderte. Das Gefühl floss durch ihre Adern und breitete sich wie Farbe im Wasser aus, bis es ihre Extremitäten erreicht hatte. Plötzlich schnappte sie nach Luft, atmete ein und dann aus.

Roxanne öffnete ihre Augen und starrte Charles an.

„Oh Scheiße", sagte Zane verwundert. „Du riechst wie eine Hexe."

„Schnell", befahl Charles. „Die Illusion wird nicht lange anhalten."

Ohne ein Geräusch zu machen, öffnete Charles die Seitentür und schlich sich nach draußen in die Dunkelheit. Roxanne folgte ihm, während Zane das Schlusslicht bildete. Im Schutz der hohen Büsche und der Abfalltonnen, die den schmalen Gehweg säumten, krochen sie an der Seite des Hauses entlang in Richtung des steilen Hanges. Sie erreichten das Ende des Gartens ohne Zwischenfälle.

Zane übernahm die Führung und rannte die Anhöhe, die mit Bäumen und Sträuchern bewachsen war, hinauf.

„Was, wenn sie uns nicht sehen?", flüsterte Roxanne Charles zu, während sie Seite an Seite begannen, nach oben zu klettern.

„Sie haben zwar nicht so ein empfindliches Gehör wie Vampire, aber sie werden uns spüren: Zwei Hexen und ein Vampir, die versuchen, abzuhauen. Sie werden den Köder schlucken. Die Frage ist, wie weit wir kommen werden, bis sie uns entdecken."

„Nicht weit genug", zischte Zane und wirbelte herum, gerade als Lichtblitze den Himmel über ihnen erleuchteten.

„Scheiße!", fluchte Roxanne und griff nach ihrer Waffe, während sie herumwirbelte.

Sie erspähte die Hexen sofort. Die Gestalten waren in der Dunkelheit schwer auszumachen, obwohl Roxanne über vampirische Sehkraft verfügte. Doch die Aura der Hexen war unverwechselbar. Roxanne zielte und feuerte ab. Die Kugel hätte ihr Ziel treffen müssen, doch die Hexe, auf die sie gezielt hatte, hatte ihre Arme nach oben gerissen und eine Explosion aus Energie in die Schussrichtung gesandt und somit die Kugel vom Kurs abgebracht.

„Runter!", schrie Charles, gerade als Roxanne klar wurde, dass die Kugel nicht nur vom Kurs abgedreht hatte, sondern geradewegs auf sie zukam.

Roxanne fühlte einen Aufprall, doch es war nicht die Kugel, die sie umwarf, sondern Charles, der sie von der Seite anrempelte. Zusammen rollten sie ein paar Meter den Hügel hinunter, bis er es schaffte, seine Fersen in den Boden zu graben, und sie davor bewahrte, noch weiter nach unten zu purzeln.

Unterdessen knatterten Schüsse – abgedämpft von einem Schalldämpfer – durch die Nacht. Zane feuerte von weiter oben, wo er hinter einem Baum Schutz gefunden hatte.

„Die gesamte Nachbarschaft wird angelaufen kommen", rief Roxanne aus. Unschuldige würden in den Kampf hineingezogen werden.

Charles zog sie hinter einen alten Baumstumpf, der an einem Geröllblock lehnte, und sagte: „Sie werden eine Schallmauer errichtet haben. Ein Bann, um zu verbergen, was hier gerade geschieht. Es ist nicht in ihrem Interesse, Aufmerksamkeit zu erregen. Alles, was sie wollen, ist Ilaria zu töten."

Sie tauchten hinter den Felsblock und wichen gerade noch einem Speer aus Feuer aus, den eine der Hexen auf sie abgeschossen hatte. Roxanne spürte, wie die Hitze ihre Haarspitzen versengte, als er über sie flog.

„Interessante Waffen, die deine Freunde da haben", zischte sie.

„Sogar du müsstest erkennen, dass sie nicht meine Freunde sind", erwiderte Charles und schob sie hinter sich. „Bleib unten."

Bevor sie ihn stoppen konnte, sprang er mit ausgestreckten Armen auf und sandte einen Energiestoß in Richtung der Hexen. Ein ohrenbetäubender Schrei hallte durch die Nacht. Roxanne sprang auf; ihr Blick schoss vorbei an Charles' breitem Körper. Die Aura einer der Hexen leuchtete wie eine Flamme auf und verglühte dann genauso schnell. Charles' Energiestoß hatte sie zu Asche verbrannt.

Doch Roxanne konnte keine Befriedigung beim Tod der Hexe spüren, da ein Blick hinunter zum Fuß des Hügels ihr bestätigte, dass die Hexen zahlenmäßig überlegen waren. Mindestens sechs oder sieben Gestalten näherten sich und begannen, den Hang nach oben zu klettern. Und egal wie viele Kugeln Zane von weiter oben abfeuerte, seine Schüsse verfehlten weiter ihr Ziel. Roxanne ging es genauso. Sie schoss und warf abwechselnd Wurfsterne auf die Hexen. Ohne jeglichen Erfolg. Als würden diese durch einen Schutzschild geschützt, den, so schien es, nicht einmal Charles zu durchdringen in der Lage war.

Allmählich kamen die Hexen näher heran. Roxanne blickte sich um. Doch es gab keinen Ort, wohin sie laufen oder sich verstecken konnten. Sie hatten gepokert und verloren. In wenigen Augenblicken würden die Hexen sie eingekreist haben und sich einen nach dem anderen vornehmen.

„Versprich mir etwas, Roxanne", sagte Charles plötzlich neben ihr.

Sie peitschte ihren Kopf herum, um ihn anzusehen, denn seine Stimme sandte einen Schauer ihre Wirbelsäule hinunter. Dabei fingen ihre Augen den grellen Glanz von

Scheinwerfern ein, die sich auf der Straße in Richtung des Safehauses bewegten. Sie fokussierte ihren Blick. SUVs. Abgedunkelte Autos.

„Sie sind hier." Sie ergriff Charles' Schulter und deutete auf die Straße. Er folgte ihrem ausgestreckten Finger. „Scanguards. Sie können sie von hinten angreifen."

„Nur wenn ich den Schutzschild zerstören kann, den die Hexen um sich errichtet haben. Ich bin die einzige Person, die ihn durchbohren kann." Plötzlich presste Charles seine Lippen auf ihre und küsste sie heftig. „Vergiss nie, dass ich dich liebe." Dann sprang er hinter dem Felsbrocken hervor und bewegte sich vorwärts, seine Arme wie Flügel ausgebreitet.

„Neeeiiin!", schrie Roxanne. Das war Selbstmord. Doch dieses Mal würde sie Charles nicht erlauben, sie zu verlassen. Dieses Mal würde sie mit ihm gehen, wohin auch immer sie das führte.

Ein Windstoß warf sie auf ihren Hintern. Sie versuchte, sich aufzurappeln, und suchte nach Charles. Er stand bereits dem Feind gegenüber, elektrisch geladene Pfeile schossen aus seinen Fingerspitzen, regneten auf die Hexen hinunter, doch prallten von ihrem kollektiven Schild ab. Unnachgiebig feuerte er auf sie in seinem Versuch, sie zu schwächen, bis er schließlich auf seine Knie sank.

„Neeein!" Roxanne schrie und sprang auf. In der Hoffnung, dass ihre Hexenaura noch intakt war, und im Bewusstsein, dass die Hexen nicht wussten, wie Ilaria aussah, fuchtelte sie mit ihren Armen herum. „Kommt und holt mich, ich bin es, die ihr wollt, ihr verdammten Feiglinge!"

Alle Augen schossen zu Roxanne. Doch sie hatte nur Augen für Charles, der sogar jetzt noch in seinem geschwächten Zustand seine Arme anhob. Als kleine Funken auf seinen Fingerspitzen erschienen, drehte sie sich um und lief den Hügel hinauf, denn sie musste die Hexen weiter ablenken und in ihre Richtung locken.

„Hierher", hörte Roxanne Zane ihr zurufen und sie änderte ihre Richtung.

Hinter ihr mischten sich Schreie und Rufe

mit Schüssen und Geräuschen, die wie Explosionen klangen. Als sie den Baum erreichte, hinter dem Zane Stellung genommen hatte, schaute sie über ihre Schulter.

Von hier oben über dem Anwesen hatte sie den perfekten Überblick. Irgendwie hatte Charles es geschafft, den Schutzschild der Hexen zu durchbrechen, sodass die Scanguards-Leute sie von hinten angreifen konnten. Die Überraschung war auf Scanguards' Seite. Sechs Hexen gegen mehr als ein Dutzend Vampire. Die Chancen für die Hexen standen nicht gut.

„Wir sind die Besten, was?", meinte Zane neben Roxanne. „Obwohl ich sagen muss, dass dein Typ da unten auch nicht übel ist. Zumindest für einen Hexer."

Ihre Augen schossen zu der Stelle, wo sie Charles zuletzt gesehen hatte. Er war weg. Voller Panik sprang sie auf, spürte jedoch sofort Zanes Hand auf ihrem Arm.

„Er ist dort, da links. Er sucht dich."

Sie erspähte ihn und raste praktisch den

Hügel hinunter und flog in seine Arme. „Tu das nie wieder. Das war Selbstmord!"

Er fing sie auf und drückte sie an sich. „Ich bin noch am Leben." Er küsste sie heftig, dann blickte er über seine Schulter, wo sich plötzlich Ruhe ausgebreitet hatte. „Ich habe das Gefühl, dass die Rechnung von Scanguards viel höher ausfallen wird als ursprünglich vereinbart."

Sie zog sein Gesicht wieder zu sich zurück. „Ich könnte vielleicht einen Rabatt für dich aushandeln."

„Oh ja, und was wird mich das kosten?"

„Ich bin nicht billig."

„Das warst du noch nie." Er küsste sie wieder. Dann nahm er ihre Hand und gemeinsam gingen sie den Hügel hinunter, wo ihre Kollegen mit den Leichen der Hexen beschäftigt waren.

Sie erblickte Samson und ging auf ihn zu. „Wie habt ihr es geschafft, so schnell hier zu sein?"

„Wir haben das Team in dem Moment zusammengestellt, als Haven das Telefonat mit dir beendet hat", sagte Samson. „Als er uns sagte, dass das Zeichen auf Ilaria tatsächlich das *Kainsmal* war, dachten wir, dass du möglicherweise Unterstützung benötigen würdest."

Roxanne schaute über ihre Schulter und sagte zu Charles: „Das ist Samson, mein Chef."

Charles streckte Samson die Hand entgegen. „Ich weiß nicht, wie ich Ihnen danken soll."

Samson schüttelte Charles' Hand. „Lassen Sie mich das nicht bereuen." Er blickte sich flüchtig um und nickte Zane zu, der sich jetzt zu ihnen gesellte. „Alles in Ordnung?"

„Klar", antwortete Zane.

Samson reckte seinen Hals und sah an Zane vorbei. „Und Grayson? Ich sehe ihn nicht." Sorge kroch in seine Stimme.

„Er ist im Haus und beschützt Ilaria", sagte Charles.

„Ilaria? Ahh, Scheiße!", fluchte Samson und starrte Roxanne wütend an. „Nach allem, was Haven herausgefunden hat, lässt du meinen Sohn die gefährlichste Hexe in San Francisco beschützen? Verdammt noch mal, Roxanne!"

Doch Roxanne bekam keine Gelegenheit zu antworten, denn Samson eilte bereits ins Haus.

Roxanne lief ihm nach. Sie holte ihn gerade ein, als er den oberen Treppenansatz erreichte. Tief inhalierend folgte er dem Geruch seines Sohnes und riss die Tür zu Ilarias Schlafzimmer auf.

„Samson, bitte tu nichts Überstürztes!", rief Roxanne ihm nach.

Samson blieb wie angewurzelt im Türrahmen stehen.

Roxanne war einen Sekundenbruchteil später bei ihm und spähte über seine Schulter.

Dort, in dem Raum, der nur von einer Nachttischlampe beleuchtet war, saß Grayson in einem übergroßen Lehnsessel, seine Pistole in einer Hand. Ilaria saß auf seinem Schoss und schmiegte sich an ihn. Die Lippen der beiden waren in einem leidenschaftlichen Kuss verschlungen und Graysons freie Hand streichelte Ilarias Nacken, während sie auf seinem Schoss hin und her rutschte und ihre Hände seinen Oberkörper erforschten. Das Zeichen auf ihrem Rücken schlief friedlich.

„Ähm", sagte Samson schließlich.

Ilaria erschrak und riss ihre Lippen von

Graysons. Grayson hob sofort seine Waffe, ließ sie jedoch genauso schnell wieder sinken.

„Das ist nur mein Dad, Süße", flüsterte er Ilaria zu und streichelte ruhig ihren Rücken.

„Was zum –" Charles raste in den Raum. „Habe ich dich nicht gewarnt, ihr nicht –"

Grayson fiel ihm ins Wort. „Du hast mir aufgetragen, Ilaria zu beruhigen." Er tauschte ein Grinsen mit Ilaria aus. „Und das habe ich doch ziemlich gut hingekriegt, oder?"

Ilarias Gesicht wurde purpurrot.

Grayson grinste von einem Ohr zum anderen. „Auftrag erfolgreich ausgeführt."

Roxanne konnte ein Lächeln nicht unterdrücken. Es sah so aus, als wäre Grayson ein ebenso großer Charmeur wie sein Vater, wenn es ihm gefiel.

14

Charles hätte dem jungen Hybriden am liebsten das selbstzufriedene Grinsen aus dem Gesicht gewischt, doch ein Blick auf Ilarias Rücken und er hielt sich zurück: Grayson hatte es tatsächlich geschafft, dass das Zeichen friedlich blieb, indem er Ilaria abgelenkt hatte, während draußen der Kampf getobt hatte. Und wer war Charles, Ilaria dieses kleine Vergnügen zu verweigern? Schließlich hatte sie nie die Möglichkeit gehabt, mit einem jungen Mann zu flirten.

„Warum gehen wir nicht hinunter und besprechen die Situation?", schlug Samson vor und deutete in Richtung Flur. Als er bereits halb zur Tür hinaus war, schaute er über seine Schulter zu seinem Sohn. „Und Grayson?"

„Ja, Dad?"

„Benimm dich."

„Tue ich das nicht immer?"

Samson verdrehte die Augen und schritt hinaus in den Flur in Richtung Treppe.

Charles richtete seinen Zeigefinger auf den eingebildeten, jungen Hybriden. „Gehorche deinem Vater!" Er brummte. „Oder du erfährst aus erster Hand, wie sich der Zorn eines Hexers anfühlt."

Grayson nahm sich Zeit zu antworten. „Ja ... Sir."

Zufrieden drehte Charles sich um und erhaschte Roxannes unlesbaren Blick auf ihm. Er führte sie aus dem Raum hinaus, und nebeneinander gingen sie nach unten, wo einige Scanguards-Mitarbeiter bei der Arbeit waren.

„Haven, wie lange braucht ihr, bis alle Hexenleichen verladen sind?", fragte Samson einen breitschultrigen Vampir, der in die Eingangshalle stampfte.

„Gib uns zwanzig Minuten, und es sieht hier wieder so normal aus wie zuvor."

Nachdem er Haven zugenickt hatte, hob Samson seine Hand und bedeutete Charles und Roxanne, sich ihm anzuschließen. „Auf ein Wort."

„Noch einmal danke, dass –"

Aber Charles kam nicht weiter, da Samson ihm ins Wort fiel. „Was zum Teufel haben Sie sich dabei gedacht, uns zu verheimlichen, was oder wen wir da beschützen sollten?" Seine Augen begannen zu schimmern und ließen den Vampir unter der kontrollierten Oberfläche erkennen. „Wegen Ihnen hätten wir alle umkommen können! Und meinen Sohn dazu zu benutzen –"

„Ihr Sohn schien keine Einwände zu haben", protestierte Charles.

Samson knurrte und seine Fangzähne blitzten auf. „Weil er ein Kind mit tobenden Hormonen ist! Das macht es nicht richtig oder sicher."

„Danach zu urteilen, was ich gesehen habe, ist er kein Kind mehr."

Samson ging auf Konfrontation mit ihm.

„Der Punkt ist der: Sie haben uns angelogen. Ilaria ist eine Gefahr. Für uns alle." Er schaute flüchtig zu Roxanne. „Zane hat das Hauptquartier informiert, und Haven und ich besprachen es auf der Fahrt hierher." Er starrte Charles wütend an. „Meine Männer werden Ilaria in ihre Obhut nehmen, bis sie sicher an die Hexen übergeben werden kann, die mit ihr umzugehen wissen. Wir haben unterirdische Zellen im Hauptquartier, in denen sie sicher sein wird."

„Nur über meine Leiche", protestierte Charles. „Niemand steckt Ilaria in eine Zelle."

Samson stemmte die Hände in seine Hüften. „Wir haben keine Wahl. Grayson mag dieses eine Mal in der Lage gewesen sein, sie abzulenken, aber niemand weiß, was nächstes Mal geschieht. Ich bin nicht bereit, die Sicherheit meiner Familie und meiner Angestellten aufs Spiel zu setzen."

Charles war dabei, vor Wut zu explodieren. „Dann betrachten Sie sich als gefeuert!" Denn er würde niemals erlauben, dass Ilaria in etwas eingesperrt würde, das auf einen Kerker hinauslief. Die Haut in seinem Nacken begann zu kribbeln. Allein der Gedanke verursachte ihm eine Gänsehaut.

„Zu spät! Sie können uns nicht feuern. Jetzt geht es darum, *uns* zu schützen."

Das Kribbeln wurde stärker, und noch etwas anderes wurde intensiver: das Bewusstsein, dass er und Ilaria nicht mehr die einzigen Hexen im Haus waren. Hatte eine der feindlichen Hexen es geschafft, sich zu verstecken? Waren sie im Begriff, überfallen zu werden?

„Eine Hexe!", schrie Charles und wirbelte herum.

Mehrere Waffen wurden sofort auf die Gestalt gerichtet, die in der offenen Eingangstür stand.

„Nicht schießen!", schrie Charles und warf sich zwischen die erhobenen Waffen und die Hexe. „Ich kenne sie."

Aber er hätte sich nicht bemühen müssen, da die Hexe, mit der er nur wenige Stunden zuvor im Golden Gate Park gesprochen hatte, eine Hand nach oben streckte und sich mit ihrer Zauberkraft abschirmte. Das Kraftfeld, das sie errichtet hatte, war so stark, dass die

Luft zwischen ihr und den Vampiren in einem silbrigen Glanz schimmerte.

Die Scanguards-Männer traten nicht zurück.

„Es ist sehr rührend, dass du mich schützen willst", meinte die Hexe in demselben gedehnten Ton wie vorher auf der Lichtung. „Aber ich brauche keinen Schutz vor Vampiren." Sie ging an ihm vorbei und näherte sich Samson. „Du scheinst ihr Anführer zu sein."

Samson nickte.

„Ich tue euch nichts. Ich bin nur wegen des Mädchens hier." Sie warf einen flüchtigen Blick zum hinteren Teil des Hauses. „Angesichts dessen, was heute Abend hier vorgefallen ist, hat mein Clan dafür gestimmt, dass wir sie sofort zu uns nehmen. Es ist das Beste für uns alle. Ihr stimmt mir sicher zu."

„Wenn sie damit einverstanden ist, mit dir zu gehen, werden meine Männer dich nicht aufhalten", sagte Samson.

Auf der Treppe hörte Charles Schritte. Er blickte über seine Schulter. Ilaria hatte eine Strickjacke und eine Jeans angezogen und kam auf sie zu. Auch sie hatte die Ankunft der Hexe des Zeichens gespürt. Als Ilaria den Fuß der Treppe erreichte, nahm Charles ihre Hand.

„Bist du bereit dafür?"

Sie lächelte und sah die Fremde flüchtig an. „Ich bin schon immer bereit gewesen." Dann blickte sie zurück nach oben, wo Grayson am Treppenansatz stand, seine Hände in den Hosentaschen und ein ernster Ausdruck auf seinem Gesicht.

„Danke", flüsterte Ilaria mit tränenerstickter Stimme.

Charles drückte ihre Hand und ihre Augen trafen sich. „Ich werde dich vermissen, mein Schatz."

Ilaria schlang ihre Arme um ihn. „Ich werde dich auch vermissen, Onkel Charles."

In diesem Moment fühlte er sich wie mehr als nur ein Onkel – er fühlte sich wie ein Vater, der seine Tochter verlor. Und als würde Ilaria das auch spüren, sah sie hoch und blickte ihm in die Augen. „Eines Tages werden wir uns wiedersehen. Versprich mir, dass du dich nicht um mich sorgst. Es ist Zeit, dass du dein eigenes Leben lebst. Du hast bereits so viel davon geopfert."

Unfreiwillig schweifte sein Blick von Ilaria zu Roxanne, die zwischen ihren Kollegen stand. Sie hatte ihre Waffe gesenkt, obwohl ihre Kollegen die ihren weiterhin auf die Hexe gerichtet hielten.

„Komm, mein Kind." Die Hexe des Zeichens streckte ihre Hand aus, und ohne zu zögern und ohne Furcht nahm Ilaria sie und erlaubte der Fremden, sie wegzuführen.

Erleichtertes Ausatmen erfüllte den Raum und mischte sich mit dem gedämpften Klicken von Waffen, die gesichert und in ihre Halfter zurückgesteckt wurden. Die Gefahr war vorüber.

Charles spürte, wie die Spannung von Samson abfiel.

„Lasst uns hier verschwinden, Jungs", sagte Samson zu seinen Männern. Er warf Roxanne einen flüchtigen Blick zu. „Kommst du mit uns?"

Charles bemerkte, dass Roxanne sich zu ihm neigte, bevor sie die Frage ihres Chefs beantwortete. „Es gibt etwas, das ich zuerst tun muss. Ich sehe euch alle morgen Abend im Hauptquartier."

Samson nickte zustimmend.

Einige Minuten später hatten Roxannes Kollegen das Haus verlassen und sämtliche Hinweise darauf, dass hier ein Kampf stattgefunden hatte, mitgenommen.

Charles und Roxanne waren endlich allein.

15

Roxanne beobachtete Charles, wie er die Tür hinter ihren Kollegen schloss und den Riegel umlegte. Als er sich umdrehte, trafen sich ihre Blicke.

Sie wusste nicht wirklich, wie sie anfangen sollte, was sie sagen sollte, was sie tun sollte, doch sie wusste, dass sie an der Reihe war. Sie spürte es.

„Als ich Ilarias Zeichen sah, als ich es pulsieren sah, verstand ich endlich, warum du getan hast, was du getan hast. Warum du mich verlassen hast."

Er streckte seine Hand nach ihr aus. „Ich wollte es nicht tun."

„Du hattest keine Wahl. Ohne dich hätte Ilaria nie bis heute überlebt. Und du hast es getan in dem Wissen, dass sie sich jeden Moment gegen dich richten und dem Bösen in ihr erlauben könnte, dich zu vernichten."

Sie sah, wie seine Augen feucht wurden, als er sagte: „Weil ich wusste, dass, wenn ich Ilaria in Sicherheit bringen könnte, es mir erlaubt wäre, zu dir zurückzukehren. Wenn du mir verzeihen könntest, was ich getan habe."

Langsam schüttelte sie ihren Kopf. „Dir verzeihen?"

Er ließ seinen Kopf hängen.

„Oh Charles, es gibt nichts zu verzeihen." Roxanne verkürzte den Abstand zwischen ihnen und schlang ihre Arme um ihn. Sie spürte ihn vor Erleichterung erschaudern. „Ich wünschte nur, du hättest mir erlaubt, dir zur Seite zu stehen. Wir wären zusammen noch stärker gewesen."

Seine Hände waren sogleich auf ihrem Gesicht und neigten es zu ihm hoch. „Das weiß ich jetzt. Als ich sah, wie du Ilaria gegenüber keine Furcht gezeigt hast, wurde mir klar, dass ich unrecht hatte. Aber ich hatte das Risiko nicht eingehen können, weil ich nicht wusste, was es bedeuten würde, eine Hexe mit dem Kainsmal großzuziehen. Ich konnte dein Leben nicht in Gefahr bringen. Ich liebte dich zu sehr. Das tue ich immer noch."

„Ich habe versucht, aufzuhören, dich zu lieben", raunte Roxanne. Ihre Augen füllten sich mit Tränen. „Aber ich habe es nicht geschafft."

„Niemand ist perfekt. Nicht einmal du." Charles lachte leise und der Klang durchdrang ihr Herz und riss die Mauer nieder, die sie darum errichtet hatte. „Und genau so liebe ich dich."

Sie lachte durch die Tränen hindurch, die jetzt über ihre Wangen kullerten. Sie musste sie nicht länger verstecken. „Ich liebe dich, Charles."

Im nächsten Augenblick hatte er sie hochgehoben und trug sie in Richtung Treppe.

„Was machst du?"

„Ich bringe dich ins Bett, meine Liebste."

„Aber ich bin nicht müde", neckte sie ihn. Sie spürte Wärme in sich aufsteigen.

„Das bin ich auch nicht."

Oben drückte Charles die Tür zum Schlafzimmer auf und betätigte den Lichtschalter. Er blieb wie angewurzelt stehen und Roxanne nahm ihre Augen von ihm und ließ ihren Blick umherschweifen.

Der Raum sah aus, als wäre er aus einem Hochzeitsmagazin ausgeschnitten worden. Ein großes Bett mit einem Himmel aus weißem Musselin beherrschte den Raum. Weiche Laken bedeckten die Matratze. Die grelle Deckenleuchte war durch zwei Nachttischlampen ersetzt worden, die ein orangefarbenes Licht erzeugten.

Und obwohl sie wusste, dass es nur eine Illusion war, flüsterte sie: „Es ist wunderschön. Danke."

Charles sah ihr in die Augen. „Bedanke dich nicht bei mir. Ich habe so ein Gefühl, dass dies ein Abschiedsgeschenk von Ilaria ist."

„Nun, sollten wir dann nicht mit unserem

Geschenk spielen? Ich bin sicher, sie würde sich das wünschen."

Charles zwinkerte ihr zu. „Das glaube ich auch."

Er setzte sie auf dem Bett ab und begann sich auszuziehen. Sie sah ihm zu und bei dem Anblick stieg Verlangen in ihr hoch. Zuerst entblößte er eine fast unbehaarte Brust und legte kräftige Muskeln frei. Seine Oberarme waren wohlgeformt und spannten sich an. Er warf das Poloshirt auf den Boden, dann öffnete er seine Hose und hob seinen Blick.

Er lachte leise. „Dieses Spiel wird nur funktionieren, wenn wir beide nackt sind."

„Ich habe nur bewundert, was bald mir gehören wird." Und *bald* konnte nicht schnell genug kommen. „Dieses Mal spiele ich für die Ewigkeit."

Charles' Herz machte einen Sprung. Er hatte viele Jahre lang von diesem Moment geträumt: Roxanne sagen zu hören, dass sie die Ewigkeit mit ihm verbringen wollte.

Er vergeudete keine Zeit mehr und zog sich aus, bis er vollkommen nackt vor ihr stand. Sein Schwanz war bereits hart, schwer und ungeduldig. Er stand einen Moment dort am Fußende des Bettes und sah zu Roxanne hinunter und beobachtete, wie sie ihre Lippen leckte, während sie ihre Augen genüsslich über ihn schweifen ließ.

„Je eher du dich auszieshst, umso schneller bekommst du, wonach du dich sehnst", sagte er, während seine Augen über sie wanderten.

„Ich wollte nichts verpassen", sagte sie und begann, sich dann auszuziehen.

Zuerst fiel ihr Oberteil auf den Boden, dann ihre Schuhe und ihre Hose. Das Wasser lief ihm im Munde zusammen, als sie ihren BH öffnete und ihn abstreifte, doch als sie ihre Daumen in ihren String-Tanga hakte, um ihn über ihre Beine nach unten zu schieben, fühlte er seinen Schwanz in Erwartung zucken.

Heute Abend waren sie beide nackt, und das nicht nur körperlich, sondern auch in emotionaler Hinsicht.

Charles schob ein Knie auf die Matratze und stützte sich über ihr ab. Sie bäumte sich ihm entgegen und zog seinen Kopf zu ihrem hinunter, während ihre Augen golden zu schimmern begannen. Er hatte sie schon immer schön gefunden, doch jedes Mal, wenn er in ihren Augen das Feuer ihrer Vampirseite aufleuchten sah, fühlte er einen animalischen Hunger in sich erwachen. Einen, den nur Roxanne stillen konnte.

Er nahm ihre Lippen und küsste sie zum ersten Mal, ohne dass Lügen oder Geheimnisse zwischen ihnen standen. Roxanne drängte sich ihm begierig entgegen und der kräftige Schlag ihrer Zunge gegen seine erinnerte ihn daran, wie stark sie war. Wie unheimlich stark. Und wie sehr sie sich von ihm unterschied. Er – ein Hexer, der das Licht liebte. Sie – eine Vampirin, die in der Dunkelheit lebte.

Dennoch wusste er – nun da er sie leidenschaftlich küsste, sie mit seinen Händen erforschte und sich wieder mit ihren köstlichen Kurven und ihrer seidenen Haut bekannt machte –, dass sie für einander bestimmt waren. Bestimmt dazu, die Unterschiede zwischen ihren Spezies zu überwinden, indem sie die Liebe und das Vertrauen zwischen ihnen erblühen ließen.

Mit jeder Sekunde wurde der Kuss dringlicher. Charles spürte, wie Roxanne ihn in ihre Mitte zog, sodass sein Schwanz zu dem Punkt zwischen ihren Schenkeln rutschte, wo sich Wärme und Feuchtigkeit gebildet hatten. Er rieb mit seiner Schwanzspitze an ihrer Spalte und stöhnte bei der Berührung auf. Roxanne wand sich unter ihm, bewegte sich, um ihr Becken anzuheben.

Die Spitze seines Schwanzes drang zwischen die erregten Lippen ihres Geschlechts.

„Fuck!", fluchte er, löste seinen Mund von ihrem und warf seinen Kopf zurück. „Zu gut!"

Er hatte keine Selbstbeherrschung, keine Geduld. So sehr er sich auch ermahnte, langsam zu machen, konnte er sich doch nicht zurückhalten und tauchte in ihre heiße, feuchte Mitte. Roxanne begrüßte ihn, ihre Beine schlangen sich bereits fest um ihn, sodass er nicht entkommen konnte. Ihre Fingernägel gruben sich in sein Fleisch. Er hatte das schon immer geliebt, es geliebt, wie sie all ihre Selbstbeherrschung verlor, wenn er in ihr war. Wie sie sich ihm hingab, als wäre er der Stärkere von ihnen, obwohl er wusste, dass sie ihn mit ihren scharfen Klauen und ihren Fangzähnen töten konnte. Dennoch hatte er nie Angst verspürt, weil die Liebe sie einander ebenbürtig machte. Die Liebe gab ihm Macht über sie, ebenso wie sie Macht über ihn hatte.

Doch heute Nacht würden sie sogar das alles übertreffen, denn heute Nacht würden sie wahrhaft eins werden.

Er ritt sie hart, stieß tief und schnell in sie und bewegte sich auf die Art und Weise, von der er wusste, dass sie sie wild machte. Sie hatte sich überhaupt nicht geändert, gab noch immer dieselben Seufzer von sich, wie sie es immer tat, wenn er ihre Klitoris auf die richtige Weise rieb. Es war aufregend genug, nur ihren Körper zu beobachten, wie er vor Vergnügen explodierte, doch daran teilzunehmen, zu spüren, wie ihre inneren Muskeln sich um ihn klammerten, wie sie sich zusammenzogen und wieder locker ließen, war mehr, als ein Mann sich jemals erträumen konnte. Er war wahrlich ein glücklicher Hurensohn, denn er hatte die Liebe einer Frau wie Roxanne erobert.

„Mach mich zu deinem", verlangte er, da er nicht in der Lage war, noch länger zu warten. Geduld wurde überschätzt. Sie hatten die ganze Ewigkeit zusammen. Vielleicht würde er Geduld noch lernen, doch er hatte dreiundzwanzig Jahre darauf gewartet, und er wollte keinen Moment länger warten.

Roxannes Augen blitzten auf und der goldene Schimmer verwandelte sich in Orange und dann in Rot. Die Spitzen ihrer Fangzähne drückten zwischen ihren Lippen hervor und fuhren sich zu ihrer vollen Länge aus. Sie brachte ihre Hand an ihre Schulter, und er beobachtete fasziniert, wie sie sich in ihre Haut schnitt. Blut tropfte aus der Wunde.

Ihre Blicke trafen sich und er sah das Verlangen in ihren Augen. Und die Liebe. Das Vertrauen. Denn sobald sie ihren Bund geschlossen hatten, würde Roxanne nur noch von ihm trinken. Er würde ihre einzige Nahrungsquelle werden. Und er wünschte sich diese Verantwortung. Tatsächlich sehnte er sich danach.

„Sei mein", flüsterte er und presste seine Lippen auf die kleine Wunde auf Roxannes Schulter, leckte über das Blut, das aus ihr geflossen war, und saugte an ihr, um mehr zu bekommen.

Er spürte sie unter ihm erschaudern, spürte ihre Muskeln kontrahieren, als ihr Höhepunkt sie erschütterte. Dann fühlte er es. Sie fuhr ihre scharfen Fangzähne in seinen Hals und durchbohrte seine Vene. Er erbebte vor Freude und ließ die letzten Fäden seiner Beherrschung los. Sein Orgasmus brach über ihn herein wie eine Welle, die gegen eine Klippe krachte.

Oh Gott, wie er ihren Biss vermisst hatte. Wie hatte er so lange ohne ihn überlebt, ohne sie? Er war mehr tot als lebendig gewesen und er hatte es nicht einmal erkannt.

Ich weiß. Es war Roxannes Stimme in seinem Kopf.

Er war darauf vorbereitet, hatte gewusst, dass es geschehen würde, dass er und Roxanne eine telepathische Verbindung haben würden, die durch den Bund entstand. Doch er hatte sich nicht vorstellen können, wie intensiv diese sein würde, wie nahe er sich ihr fühlen würde, wie viel ihres Herzens und ihrer Seele er in sich würde hineinfließen spüren.

Ich werde dich nie verlassen, meine Liebste, erwiderte er auf dieselbe Art, wie sie ihm ihre Gedanken geschickt hatte.

Ich werde dich bis ans Ende der Welt jagen, wenn du es tust. Und ich bin schneller als du.

Er wollte dabei leise in sich hineinlachen, und, wäre er nicht so beschäftigt gewesen, Roxannes Blut zu trinken, während sie seines trank, hätte er das auch getan. Stattdessen gab er ihr die einzige Antwort, an die er denken konnte.

Er machte Liebe mit ihr, bis keiner von beiden sich mehr rühren konnte.

Als sie endlich aufhörten, sich zu bewegen, zog er sie in die Kuhle seines Körpers, ihren Rücken an seine Brust gepresst, und verwendete, was von seiner Energie noch übrig war, um einen Zauber zu wirken.

Unsichtbare Ranken, die sich wie seidene Bänder anfühlten, wuchsen um sie herum und banden sie zusammen.

„Oh Charles", murmelte Roxanne schläfrig und seufzte.

Er vergrub sein Gesicht in ihrer Halsbeuge. „Jetzt gehörst du mir. Und ich werde dich nie mehr gehen lassen."

Brennender Wunsch

Eine Scanguards Vampir Novelle

1

Auf einer Insel im Golf von Mexiko, Dezember 1991

Jake beobachtete, wie der Mann die Fähre am Dock vertäute und den Landungssteg über den Spalt zwischen Dock und Fähre zog und sicherte, bevor er dem Kapitän zurief: „Das Boot ist vertäut."

Der Kapitän winkte zurück und blickte dann zu Jake. „Schönen Aufenthalt."

Jake schritt über den Steg und trat aufs Dock. Er war der einzige Fahrgast auf der Abendfähre gewesen. Er nahm an, dass die meisten Besucher dieser kleinen Insel mit knapp eintausend Einwohnern bereits mit einer früheren Fähre eingetroffen waren, doch er hatte keine Wahl gehabt. Während des Tages zu reisen war ihm unmöglich.

„Mr. Stone?"

Als jemand seinen Namen rief, drehte er seinen Kopf und sah einen schlaksigen Jungen, der nicht älter als zwanzig sein konnte, ihm von der Hütte der Hafenmeisterei aus zuwinken. Das rote Haar des Jungen war wie ein Leuchtfeuer in der Nacht, genauso wie der Duft, der von ihm ausging: frisches, jugendliches Blut.

Glücklicherweise hatte Jake vor seiner Abreise vom Festland reichlich Blut zu sich genommen, da er auf der kleinen Insel nicht beim Jagen erwischt werden wollte. Er hatte auch Blut eingepackt, das er aus einer Blutbank in New York gestohlen hatte, wo er während des letzten Jahres gelebt hatte. Dort war die Anonymität sein Freund gewesen, wohingegen in kleinen Städtchen die Leute aufeinander aufpassten und einschreiten würden, wenn sie etwas Seltsames sahen – wie etwa jemanden, der am Hals eines lebendigen Menschen saugte.

„Ich bin Jake Stone", rief er, während der Junge schon auf ihn zukam. Sein Blut roch rein und reichhaltig und ein wenig zu einladend.

Als er mit seiner Reisetasche in der Hand vor dem Jugendlichen stehenblieb, schenkte ihm dieser ein breites Lächeln. „Ich bin Carl. Willkommen auf Seeker's Island. Mrs. Adams hat mich geschickt. Ich bringe Sie zum Sunseekers Inn."

Carl deutete auf die Tasche, doch Jake gab sie nicht her. „Geh voraus."

Der Junge zeigte zur Straße, die an dem kleinen Hafen vorbeiführte. „Ich habe dort drüben geparkt."

Jake zog eine Augenbraue hoch. Er hatte nicht erwartet, dass auf der Insel Autos erlaubt waren. „Wo?"

Carl deutete auf ein weißes Gefährt, das am Straßenrand stand.

„Ein Golfmobil", murmelte Jake. *Mit einem Mistelzweig, der vom Rückspiegel baumelte?*

Der Junge nickte enthusiastisch. „Wir haben keine Autos auf der Insel. Aber ich darf eines der Golfmobile benutzen, um Touristen herumzufahren. Ich meine, es gehört praktisch mir."

Jake zwang sich zu einem Lächeln und folgte ihm. Großartig: Carl war eine Plaudertasche. Genau das brauchte er. Wenn er eine Wahl gehabt hätte, wäre er nicht auf eine so kleine Insel wie diese, wo jeder jeden kannte, gekommen. Aber er hatte keine andere Wahl gehabt. Dies war seine letzte Option.

Als Jake sich auf dem Beifahrersitz niederließ und seine Tasche zwischen seine Füße stellte, machte Carl den Elektromotor an und bog in die Straße ein, die an der Küste entlangführte. Häuser und Geschäfte säumten die idyllische Straße und Jake kam sich vor, als wäre er gerade nach Disneyland gekommen. Nun ja, Disneyland in Weihnachtsdekoration – da praktisch jedes Geschäft und jedes Restaurant mit bunten Lichtern, hauptsächlich roten und grünen, geschmückt war. Und vielleicht war diese Insel wie Disneyland, voll von Illusionen und den Wünschen nach Dingen, die er nicht haben konnte.

„Sind Sie hier wegen der … Sie wissen schon?", fuhr Carl fort.

Da er wusste, dass der Junge von der heißen Quelle sprach, die angeblich magische Kräfte haben sollte, gab er keine direkte Antwort, sondern ließ seine Augen Richtung Ozean und in die undurchdringliche Dunkelheit jenseits des Strandes schweifen. „Diese … du weißt schon was … funktioniert nicht wirklich, oder?"

Carl setzte sich noch aufrechter hin, als wollte er mehr Autorität ausstrahlen. „Natürlich tut sie das!" Dann senkte er seine Stimme, beugte sich näher und flüsterte: „Ich bin hier aufgewachsen. Alles, was Sie gehört haben, ist wahr. Wenn Sie davon trinken, erfüllt sich Ihr Herzenswunsch."

Jake unterdrückte das Verlangen, eine abschätzige Bemerkung von sich zu geben. Wenn die Quelle wirklich funktionierte, warum lebte dann ein junger Mann wie Carl immer noch hier und übte den undankbaren Job aus, Touristen auf der Insel herum zu chauffieren? „Sicher, wie du meinst."

Vielleicht war er nur zynisch – welcher

einhundertsiebenundvierzigjährige Vampir wäre das nicht? Oder vielleicht bereitete er sich nur auf den Augenblick vor, an dem er herausfinden würde, dass die magische Quelle nicht wirklich die Macht hatte, Wünsche zu erfüllen.

„Sie werden schon sehen!", prophezeite Carl und hielt das Gefährt an. Er zeigte auf das große viktorianische Haus, das hinter einem weißen Lattenzaun stand. „Wir sind da."

Jake zog eine Fünf-Dollar-Note aus seiner Tasche und reichte sie dem Jungen. „Danke, Carl."

Der Jugendliche grinste, als er das Geld wegsteckte. „Und wenn Sie ein Taxi brauchen, fahre ich Sie gerne auf der Insel herum."

Das bezweifelte Jake nicht. Er war sich sicher, dass Gelegenheiten, auf der Insel Geld zu verdienen, rar waren. „Ich gebe dir Bescheid." Er stieg aus dem Golfmobil und ging mit seiner Tasche in der Hand zum Eingang des Hauses.

Der Elektromotor machte kaum ein Geräusch, als Carl wegfuhr.

Jake öffnete die Eingangstür und trat

hinein. Das Foyer war gemütlich und hell erleuchtet. Ein Christbaum, geschmückt mit antiken Ornamenten nahm die halbe Eingangshalle ein. Er musste – trotz seiner Abneigung Weihnachten gegenüber – zugeben, dass die frische Blautanne ziemlich schön aussah und dass ihr Geruch ihn an seine Kindheit erinnerte. Erinnerungen an eine glücklichere Zeit.

Eine große Holztreppe führte zu den Obergeschossen. Links davon war ein Empfangsbereich mit einem hohen Tresen und Regalen dahinter. Er ging darauf zu und stellte seine Tasche auf dem Boden ab. Da er niemanden sah, aber spürte, dass er nicht alleine war, betätigte er die Klingel auf dem Tresen.

Als das leise Klingeln durch das Foyer hallte, hörte er plötzlich ein Rascheln und einen Augenblick später erhob sich eine Frau von hinter dem Tresen und richtete einen Ärmel ihres bunten Kleides, während sie ihn entschuldigend anlächelte. Er hatte sie zuvor nicht gesehen und auch hatten seine Sinne ihren Duft nicht wahrgenommen. Der Geruch des frischen Baumes, des Potpourris und der Duftkerzen, die auf jedem Sims und jeder freien Oberfläche standen, war zu überwältigend.

„Oh weh, Sie haben mich erwischt!" Sie kicherte und lief feuerrot an. „Diese verdammten Träger bleiben nie, wo sie sollen." Sie zog ihre Hand aus ihrem Dekolleté heraus und richtete ihren Ausschnitt zurecht.

Jake konnte sich nur vorstellen, dass sie über die Träger ihres BHs sprach und versuchte, ihre üppige Brust zu ignorieren. Stattdessen blickte er ihr ins Gesicht. Sie sah immer noch sehr attraktiv aus, auch wenn sie vermutlich schon Anfang Sechzig war. Hätte er sie vor zwanzig oder dreißig Jahren getroffen, hätte er sie verführt.

„Mrs. Adams?"

„Ja, und Sie müssen Mr. Stone sein." Sie ließ ihre Augen über sein Gesicht und seinen Körper schweifen, ohne zu verheimlichen, dass sie ihn attraktiv fand.

Er war an Blicke wie diesen gewöhnt. Frauen jeden Alters sahen ihn so an. Aber alles, was sie sahen, war sein perfektes

Äußeres: das dunkle Haar, das gemeißelte Kinn, die klassische Nase, die strahlend blauen Augen und den durchtrainierten Körper. Was sie nicht sahen, war der Mann darunter, der Mann, der sich nach einem echten Leben sehnte, nach einem sterblichen Leben. Nach einem Sinn.

„Ich habe ein wunderschönes Zimmer für Sie. Im obersten Stock. Es hat einen schönen Ausblick auf die Bucht auf der anderen Seite der Insel." Sie griff nach dem Schlüsselbrett hinter sich, nahm einen der Schlüssel herunter und legte ihn auf den Tresen.

„Ausgezeichnet." Er lächelte und schnappte sich den Schlüssel.

„Frühstück ist inklusive." Sie zeigte auf eine Tür neben der Treppe. „Zum Frühstückszimmer geht es da durch. Essen gibt es von sieben bis neun Uhr dreißig."

„Das wird nicht nötig sein. Ich bin kein Frühaufsteher. Ach ja, und wäre es möglich, dass das Zimmermädchen mein Zimmer nicht sauber macht? Ich bin ein ziemlicher Nachtmensch und schlafe sehr lange." *Bis zum Sonnenuntergang.* Schließlich vertrug er kein

Tageslicht. Der verkohlte Look hatte ihm noch nie zugesagt.

„Oh?" Sie warf ihm einen überraschten Blick zu. „Ich hoffe, Sie werden wegen des Nachtlebens hier nicht zu enttäuscht sein, aber es gibt so gut wie keines. Die meisten unserer Besucher sind nur wegen der heißen Quelle hier." Sie beugte sich nach vorne und ihre Brüste kamen dabei auf dem Tresen zu ruhen. „Ich nehme an, dass Sie ebenfalls deswegen hier sind?"

Jake seufzte. Er war noch nicht einmal eine halbe Stunde hier und schon hatten es zwei Leute geschafft, ihm ein und dieselbe Frage zu stellen. Aber da er ein sehr reservierter Mann war, hatte er nicht die Absicht, sich in eine Unterhaltung über seine persönlichen Wünsche ziehen zu lassen. Wünsche, die er mit niemandem teilen konnte.

„Ich habe gehört, dass man hier gut angeln kann."

Ein enttäuschter Blick breitete sich auf Mrs. Adams' Gesicht aus, als sie sich aufrichtete. „Ja, ja, das stimmt."

„Oberster Stock haben Sie gesagt?" Er

zeigte auf die Treppe und hob seine Tasche, ohne auf ihre Antwort zu warten.

„Nummer zweiundzwanzig. Oben nach der Treppe rechts."

Die Stufen knarzten, als er hinaufging. Läufer bedeckten den abgenutzten Boden. Jake ließ seine Augen über die alten Bilder an den Wänden und die antike Kommode schweifen, die den Gang des ersten Stocks schmückten. Seine Augen verweilten einen längeren Augenblick auf der feinen Handwerkskunst, bevor er um die Ecke bog.

Unerwartet stieß er mit etwas Weichem zusammen. Er riss seinen Kopf herum und ließ seine Tasche fallen, als er instinktiv nach der Person griff, mit der er zusammengestoßen war: eine Frau, die, mit den Armen rudernd, ihre Handtasche fallengelassen hatte. Während der Inhalt der Tasche über den Teppich rollte, griff Jake nach der Frau und bewahrte sie davor, zu stürzen.

„Hoppla!", rief er. „Ich hab' Sie!"
„Ohh!"
Sie atmete schwer und mit seinen

überlegenen Sinnen nahm er ihren beschleunigten Herzschlag wahr.

„Es tut mir leid, ich habe nicht aufgepasst", entschuldigte er sich.

„Schon in Ordnung", antwortete sie atemlos. „Es ist meine eigene Schuld. Ich bin ohne aufzupassen um die Ecke gebogen." Sie löste sich aus seinem Griff und trat zurück.

Jakes Augen fielen auf ihr Gesicht. Ihre Augen waren genauso blau wie seine und ihr langes Haar war von einem satten Kastanienbraun. Ihre Haut war makellos, aber blass, fast wie Porzellan, und das ließ ihre Lippen wie frisches Blut aussehen. Obwohl er gesättigt war, kam sofort ein Hunger in ihm auf. Er verdrängte ihn. Stattdessen blickte er auf die Gegenstände, die auf den Boden gefallen waren, und bückte sich.

„Lassen Sie mich Ihnen dabei helfen", bot er an und reichte ihr die Handtasche.

Sie nahm sie, ging ihm gegenüber in die Hocke und sammelte schnell einige der Gegenstände auf: einen Lippenstift, Schlüssel und ein kleines Notizbuch.

Jake gab ihr ein Taschentuch und einen

Kugelschreiber, dann suchte er den Teppich nach allem ab, was noch herausgefallen sein konnte, fand jedoch nichts weiter.

„Ich glaube, ich habe alles", sagte sie und stand auf.

Er erhob sich ebenfalls aus seiner gebückten Position und reichte ihr zur Begrüßung seine Hand. „Ich bin übrigens Jake."

Sie zögerte, bevor sie ihm sehr kurz die Hand schüttelte. „Claire." Dann zeigte sie auf die Treppe. „Ich muss los."

Er beobachtete, wie sie die Treppe hinunter ging. Ihre Schritte hallten im Foyer wider, als sie die Eingangstür hinaus eilte. Erst als diese mit einem lauten Knall zufiel, hob er seine eigene Tasche auf und ging zu seinem Zimmer.

2

Nach einer erfrischenden Dusche verließ Jake das Zimmer. Es war an der Zeit, das zu tun, wozu er hierher gereist war. Er durfte das Unvermeidbare nicht länger hinauszögern. Er erreichte die Stelle, an der er mit der sehr verführerischen Claire zusammengestoßen war. Einen Moment lang hielt er dort inne. Sie hatte etwas in ihm aufgewirbelt, den Wunsch in ihm geweckt, sie zu beschützen, obwohl er so etwas noch nie bei einem Menschen verspürt hatte. Er war schon immer ein Raubtier gewesen, das sich nahm, was es wollte, und sich keine Gedanken darüber machte, wem es wehtat. Aber all das war jetzt anders.

Er hatte genug davon, ein gefürchtetes Monster zu sein. Er hatte genug von seinem Leben. Zu viele Morde lagen in seiner Vergangenheit und zu viele schlimme Taten säumten seinen Weg. Die Sinnlosigkeit all dieser Dinge starrte ihm wieder ins Gesicht. Sein Leben hatte keine Bedeutung; das verstand er nun, nachdem er einhundertzwölf Jahre als Vampir gelebt hatte, seit er im Alter von fünfunddreißig verwandelt worden war.

Er konnte nicht länger so weitermachen: Er konnte keine Menschen mehr verletzen. Denn er hatte ein Gewissen entwickelt. Ein verdammtes Gewissen!

Er starrte auf seine Schuhe und fluchte leise. Wer hatte je von einem Vampir mit Skrupeln gehört? Aber nein, er musste plötzlich ein bedeutungsvolles Leben wollen, einen Zweck. Und er wusste, dass es nur einen Weg zu einem bedeutungsvollen Leben gab: Er musste wieder sterblich werden.

Seine Unzufriedenheit mit dem Vampirleben hatte sich langsam eingeschlichen. Jedes Mal, wenn er sah, wie Menschen einen weiteren Meilenstein in ihrem Leben feierten, eine neue Liebe, eine Hochzeit oder eine Geburt, fühlte er, wie er neidisch wurde. Und er hatte angefangen, sein elendes Leben mit ihren zu vergleichen und entdeckt, dass ihm etwas fehlte. Es gab keine fröhlichen Ereignisse in seinem Leben: Er schlief, er jagte, er trank Blut. Und er versteckte sich immer. Aber vor allem hatte er niemanden, der etwas für ihn empfand, oder für den er etwas empfand. Zärtliche Emotionen waren ihm fremd. Aber er erkannte sie in anderen, in Menschen, und er wollte dasselbe fühlen. Und wenn er das nicht erreichen konnte, wollte er lieber gar nichts empfinden.

Deshalb war er auf die Insel gekommen: um vom Wasser der heißen Quelle zu trinken und seinen Herzenswunsch herbeizusehnen. Und wenn die legendäre Quelle versagte, dann gab es nur eine letzte Lösung. Wenn er den Mut dazu aufbrachte.

Er stieß ein verbittertes Lachen aus, als er plötzlich ein Objekt unter der Kommode erblickte, die er zuvor bewundert hatte. Aus

Neugier bückte er sich und griff danach. Seine Finger schlossen sich um eine transparente orangefarbene Pillendose. Er las das Etikett und erstarrte.

Sie gehörte einer Claire Culver – der Frau, mit der er zusammengestoßen war. Die Pillendose musste ihr aus der Tasche gefallen und unter die Kommode gerollt sein. Sie hatten sie beide übersehen. Er las den Namen des Medikamentes. Da er als Vampir nicht anfällig gegenüber Krankheiten war, war ihm der Name nicht bekannt, auch wenn er sich zu erinnern schien, ihn in einer Werbung gehört zu haben. Wofür war es gewesen? Er dachte nach, doch er erinnerte sich nicht.

Kopfschüttelnd züchtigte er sich für seine unangemessene Neugier und ging weiter die Treppe hinab. Es ging ihn nichts an, welche Medizin Claire nahm und wofür sie war. Sie war eine Fremde für ihn und würde eine Fremde bleiben.

Als er das Foyer erreichte, zog Mrs. Adams gerade die Vorhänge zu. Sie wandte sich um.

„Gehen Sie noch auf einen Drink aus?", fragte sie.

„Ja, ich dachte mir, ich erforsche das Nachtleben, von dem Sie gesprochen haben." Er zwinkerte ihr zu und genoss die Tatsache, dass sie wieder rot anlief.

„Luke hat eine Tiki-Bar nicht weit von hier. Vielleicht wollen Sie dort vorbeischauen", schlug sie vor.

„Klingt ganz nach meinem Geschmack." Er rollte die Pillendose zwischen seinen Fingern. „Oh, und Mrs. Adams, ich habe das hier oben auf dem Boden gefunden. Es gehört Miss Culver. Sie muss es verloren haben." Er gab ihr die Dose und entschied sich, ihr nicht den Grund zu sagen, warum das Medikament aus Claires Handtasche gefallen war. „Würden Sie sie ihr geben, wenn Sie sie sehen?"

„Oh Gott." Mrs. Adams seufzte schwer und brachte ihn dazu, innezuhalten.

„Stimmt etwas nicht?"

„Naja", fing sie an, „es ist so eine Schande. Und sie ist so jung und hübsch. Hätte ihr ganzes Leben noch vor sich."

Ein kalter Schauer kroch seine Wirbelsäule hoch. „Wie bitte?"

Sie zeigte auf das Medikament. „Miss

Culver." Sie trat einen Schritt näher und senkte ihre Stimme. „Ich sollte Ihnen das nicht sagen, aber da Sie ihr Medikament gefunden haben, können Sie es sich vermutlich sowieso zusammenreimen. Ich weiß es nur, weil sie vor kurzem einen Anfall hatte und ich den Arzt anrufen musste und der ist der Ehemann meiner Cousine. Und wissen Sie, sie hat es mir erzählt. Also, meine Cousine. Weil ihr Mann es ihr erzählt hat."

Jake atmete tief ein und zögerte eine Sekunde lang. Sollte er bleiben und ihr erlauben, private medizinische Informationen über Claire preiszugeben? Wäre es nicht besser, wenn er einfach wegginge und sich nicht einmischte? Doch Mrs. Adams hatte einen Anfall erwähnt und dieses Wort hatte sein Interesse geweckt.

„Ja?"

Sie beugte sich näher. „Gehirntumor. Anscheinend bekam sie vor sechs Monaten die Diagnose. Er ist inoperabel. Die Ärzte geben ihr noch ein paar Wochen oder Monate." Sie zeigte auf die Pillen. „Die nimmt sie, um die Schmerzen in Schach zu halten. Aber die

Anfälle kommen weiterhin. Die Ärzte haben aufgegeben. Deshalb ist sie hier. Sie wissen schon, wegen der heißen Quelle."

Er nickte, schockiert über die Offenbarung. Kein Wunder, dass Claire so blass ausgesehen hatte. Hatte er ihre Krankheit instinktiv gespürt? Hatte er deshalb das Gefühl, dass sie Schutz benötigte? „Sie ist hier, um sich Heilung zu wünschen."

Ein trauriges Lächeln umspielte Mrs. Adams' Lippen. „Sie geht mehrere Male am Tag zur Quelle. Sie ist jetzt gerade dort. Und auf dem Weg zurück stoppt sie an der Bar und ertränkt ihre Sorgen. Und morgen wird sie dasselbe tun. Es ist so traurig, das mitanzusehen."

„Dann hat die heiße Quelle also keine wirklichen Kräfte, oder?"

„Oh, das hat sie, aber manchmal wünschen wir uns nicht das Richtige. Manchmal wissen wir nicht, was unser wahrer Herzenswunsch ist. Und die Quelle erfüllt nur Wünsche, die rein und echt sind."

„Was könnte reiner sein, als ein Heilmittel

gegen einen Gehirntumor zu wollen?", fragte er.

„Ich sage ja nicht, dass ihr Wunsch nicht rein ist. Aber manchmal braucht die Quelle einfach ein Opfer, um zu funktionieren", antwortete sie kryptisch.

Bilder von abgeschlachteten Tieren poppten in seinem Kopf auf. Aber er war sich sicher, dass Mrs. Adams von anderen Opfern sprach.

„Vielleicht sollten Sie Miss Culver sagen, dass Sie ihre Pillendose gefunden haben. Ich will nicht, dass sie mitbekommt, dass ich weiß, wie es um sie steht. Ich bin sicher, sie möchte ihre Privatsphäre wahren."

Ohne auf eine Antwort zu warten, verließ er das Haus und wandte sich auf der Suche nach der Tiki-Bar in Richtung Hauptstraße. Angesichts der Informationen, die Mrs. Adams mit ihm geteilt hatte, war er gerade nicht in der richtigen Gemütslage, die Quelle aufzusuchen.

3

Claire warf einen letzten Blick auf die heiße Quelle. Als sie vor über einer Stunde hier angekommen war, hatte sie etwas frisches Wasser an der Stelle geschöpft, wo es aus dem Fels floss, und es getrunken. Gleichzeitig hatte sie für ein Wunder gebetet. Genauso wie in den letzten fünf Tagen, seit sie auf der Insel angekommen war. Doch bisher war nichts geschehen. Ihre Kopfschmerzen waren so schlimm wie eh und je und wurden nur durch die starken Schmerztabletten im Zaum gehalten, die ihr ihr Onkologe verschrieben hatte. Aber selbst diese konnten den Schmerz nicht lange betäuben. Also hatte sie angefangen abends zu trinken, um das Pochen in ihrem Kopf zum Verstummen zu bringen.

Mit jedem Tag, der verging, wurde die Hoffnung auf Heilung von der grausamen Realität weiter in den Hintergrund gedrängt. Die Wissenschaft hatte sie schon lange aufgegeben und das Wunder, auf das sie hoffte, indem sie sich immer wieder dasselbe von der Quelle wünschte, geschah nicht. In ein paar Tagen würden der Schmerz so unerträglich und die Anfälle so heftig sein, dass sie wahrscheinlich in ein Koma fallen würde, aus dem sie nicht mehr aufwachen würde. Ihre Zeit war um.

Als sie auf dem Trampelpfad, der ins Dorf führte, zurück marschierte, dachte sie über ihr Leben nach. Aber zurückzublicken machte das, was vor ihr lag, noch schwerer. Sie war noch nicht bereit zu sterben. Es gab so vieles, was sie noch nicht gemacht hatte, noch nicht gesehen hatte, noch nicht erlebt hatte. Es war einfach nicht fair. Sie war ein guter Mensch gewesen, ehrlich, verlässlich, durch und durch anständig. Sie hatte nie jemandem wehgetan.

Wie schon die Nächte zuvor steuerte sie die Tiki-Bar an. Etwas Alkohol würde ihren Kopf vernebeln und sie davon abhalten, darüber nachzugrübeln, ob ihr Leben anders verlaufen wäre, wenn sie früher zum Arzt gegangen wäre, gleich als die Kopfschmerzen angefangen hatten. Doch sie wollte nicht über Dinge nachdenken, die sie nicht ändern konnte.

Als sie sich der Bar näherte, sah sie bereits, dass sie wie die Nacht zuvor nur halb voll war: Es gab keine Wände. Eine Theke stand in einer Hütte ohne Wände und die Fensterläden, die tagsüber den Alkohol gegen Diebstahl sicherten, waren hochgezogen und während der Öffnungszeiten an der Decke befestigt. Leise Musik drang aus den Lautsprechern. Ein Pärchen tanzte langsam und eng umschlungen auf der improvisierten Tanzfläche. Andere Gäste saßen an den Tischen oder der Theke und tranken und unterhielten sich. Lachten. Sie steuerte auf die Bar zu und setzte sich auf den einzigen leeren Hocker an der Theke. Neben ihr saß ein dunkelhaariger Mann, dessen Rücken ihr zugekehrt war, während er auf dem stummgestalteten Fernseher, der von der Decke hing, Football schaute.

Claire winkte dem Besitzer zu. Er hatte sich in der ersten Nacht vorgestellt. „Abend, Luke."

„Hi, Claire. Das Übliche?"

Sie nickte und sah zu, wie er ihren Whiskey Sour so wie sie ihn mochte zubereitete. Zumindest könnte sie mit Stil abtreten. Als Luke das Getränk vor sie stellte, hob sie ihr Glas an die Lippen und nahm den ersten Schluck.

Der Mann neben ihr drehte sich um. „Zum Wohl."

Sie verschluckte sich fast und stellte das Glas wieder auf den Tresen. Der Mann neben ihr war Jake – der Mann, mit dem sie auf dem Treppenabsatz im Bed-and-Breakfast zusammengestoßen war.

„Oh!" Genau wie zuvor konnte sie keinen zusammenhängenden Satz bilden.

Doch dieses Mal konnte sie ihre einsilbige

Antwort nicht auf die Tatsache schieben, dass sie zusammengestoßen waren. Nein, sie musste zugeben, dass sie sprachlos war, weil Jake diese pure Männlichkeit ausstrahlte, die ihren ganzen Körper in Brand steckte. Sie hatte einige Freunde gehabt, sogar sehr gut aussehende, aber sie war noch nie einem Mann wie ihm begegnet, der sie mit einer solchen Intensität anblickte, dass sie sich die Kleider vom Leib reißen und sich auf ihn stürzen wollte.

Guter Gott! Was dachte sie sich denn? Sie wurde definitiv verrückt. Ja, sie rutschte letztendlich in den Wahnsinn ab und war nicht mehr imstande, ihren Kopf zu kontrollieren.

„Hi", sagte sie schnell, bevor die Stille zwischen ihnen noch länger andauerte. „Ich vermute, das hier ist die einzige Bar in der Stadt." Sie klang in ihren eigenen Ohren dämlich, aber Jake lächelte sie trotzdem an.

„Es gibt nicht viel Nachtleben hier auf der Insel. Außerdem ist Nebensaison. Aber deshalb kommen die Leute ja nicht hierher." Er blickte sie erwartungsvoll an.

„Waren Sie schon bei der heißen Quelle?",

fragte sie ihn und nahm noch einen Schluck von ihrem Drink, damit ihre Hände etwas zu tun hatten und er nicht bemerkte, dass sie zitterten.

„Noch nicht. Ich habe es nicht eilig. Ich gehe hin, wenn ich soweit bin."

Sie starrte auf die Flaschen, die auf den Regalen über der Bar aufgereiht waren, und nickte zustimmend. „Sind Sie noch am Überlegen, was Sie wollen?"

Er schüttelte den Kopf. „Ich weiß, was ich will."

Claire war von sich selbst überrascht. Sie fing normalerweise keine offenen Unterhaltungen mit vollkommen fremden Männern an. Doch seltsamerweise lud Jakes Offenheit sie ein zu reden, als würden sie sich schon eine Weile kennen. Vielleicht lag es daran, dass sie zwei einsame Fremde in einer Bar waren, beide mit einem Wunsch, der sich erfüllen sollte. Selbst wenn sie sich nicht vorstellen konnte, was Jake sich wünschen konnte: Hatte ein Mann wie er nicht alles? Aussehen, Stärke, Macht? Frauen, die sich ihm an den Hals warfen?

„Glauben Sie daran?", hörte sie sich fragen.

„Die heiße Quelle?"

Sie nickte.

„Ich weiß nicht, was ich glauben soll."

„Warten Sie deshalb?" Sie wandte den Kopf, um ihn anzusehen.

Seine blauen Augen verbanden sich mit ihren. „Gehen Sie deshalb jeden Tag hin? Weil Sie nicht wissen, ob Sie daran glauben sollen?"

Ihr Atem stockte. „Sie scheinen einiges zu wissen." Wenn sie in einer Großstadt gewesen wäre, hätte sie sich Sorgen gemacht, dass er ein Stalker sein könnte. Aber sie wusste, wie es auf der Insel ablief: Nichts blieb länger als fünf Minuten geheim.

Jake zuckte mit den Schultern und nahm dann einen Schluck von seinem Rotwein. „Die Inselbewohner scheinen ein Auge darauf zu haben, wer die heiße Quelle besucht."

„Sie wollen die Quelle beschützen", stimmte sie zu und kippte den Rest ihres Drinks auf einmal hinunter. Sie machte Anstalten, von ihrem Barhocker zu steigen, als sie seine Hand plötzlich auf ihrem Unterarm spürte.

„Gehen Sie nicht", sagte er leise. „Ich wollte Sie nicht verschrecken."

Sie zögerte und starrte auf seine Hand. Dann sah sie in sein Gesicht. Seine Augen waren warm. Sie erlaubte sich, in deren blaue Tiefen gezogen zu werden.

„Tanzen Sie mit mir", flüsterte Jake.

„Ich ... äh", fing sie an.

„Was haben Sie denn zu verlieren? Es ist nur ein Tanz zwischen zwei Fremden. Ich werde in ein paar Tagen weg sein und Sie müssen mich nie wieder sehen."

Er hatte recht. Sie hatte nichts zu verlieren. Und warum sollte sie sich nicht erlauben, sich im Rhythmus der Musik zu bewegen und ihre Sorgen zu vergessen, während die Arme eines Fremden sie ein paar Minuten lang hielten?

„Ein Tanz", stimmte Claire zu.

„Ein Tanz", wiederholte er und hob sie mit Leichtigkeit vom Barhocker.

Einen Augenblick später fand sie sich auf der Tanzfläche wieder, seine Arme um sie geschlungen, während seine Schenkel ihre streiften. Mit seiner Hand auf ihrem Rücken zog er sie näher an seinen Oberkörper, sodass sie spüren konnte, wie seine Körperwärme sie einhüllte. Sie schloss die Augen und gab sich dem Traum hin, dass ihr Leben gerade erst anfing. Dass es nicht enden würde.

4

Jake zog sie näher an sich und bewegte sich im Rhythmus der Musik. Er hatte schon lange nicht mehr getanzt, doch die Schritte waren trotzdem tief in ihm verwurzelt. Er hatte das Tanzen immer geliebt, das Gefühl geliebt, eine Frau in seinen Armen zu halten.

Seine Wange leicht an ihre gedrückt sagte er leise: „Ich habe gehört, dass die heiße Quelle manchmal ein Opfer braucht, damit ein Wunsch in Erfüllung geht."

Claire zog ihren Kopf zurück, um ihn anzusehen. „Wer hat Ihnen das erzählt?"

„Mrs. Adams."

Sie neigte sich wieder näher zu ihm. „Davon hat sie mir gegenüber nichts erwähnt."

„Vielleicht sind Sie nicht diejenige, die das Opfer bringen muss." Vielleicht hatte Mrs. Adams das nur auf ihn bezogen – ohne seinen Wunsch zu kennen – weil er derjenige war, der das Unmögliche wollte und sein Wunsch ein Opfer verlangte.

„Was, wenn das alles eine Lüge ist?", sinnierte sie. „Was, wenn die Quelle gar nichts macht? Was werden Sie dann machen?"

„Was *ich* dann machen werde?"

„Ja, Sie. Wenn Sie heute herausfinden würden, dass die Quelle nicht funktioniert, was würden Sie dann morgen tun?"

Er hatte darüber nachgedacht, seit er auf die Insel gekommen war. „Ich würde an den Strand gehen und dort warten, bis die Sonne aufgeht." Er würde keinen Schutz davor suchen, sondern der Sonne erlauben, ihn in Staub zu verwandeln, und seine Überreste von der Brandung des Meeres davontragen lassen, als hätte er nie existiert.

„Ja, Ihr Leben würde einfach weitergehen. Ich wünschte, für mich wäre es genauso."

Jake korrigierte ihre Annahme nicht. Er hörte die aufsteigenden Tränen in Claires Stimme, aber er würde ihr nicht erlauben zu weinen. Nicht, solange sie mit ihm zusammen war. Zumindest heute Nacht wollte er, dass sie Freude und Vergnügen empfand.

„Komm mit mir zum Strand. Und ich werde dich all die Dinge vergessen lassen, die du vergessen willst. Nur heute Nacht. Nur du und ich. Die Welt um uns herum existiert nicht. Die Quelle existiert nicht."

Sie wich trotz seines unerhörten Angebots nicht von ihm zurück. Stattdessen nickte sie. „Ja, lass mich alles vergessen, nur für eine Weile." Dann hob sie ihren Kopf und sah ihn an. „Du musst mich für leicht zu haben halten."

Er bewegte seinen Kopf von einer Seite zur anderen. „Denkst du, *ich* bin leicht zu haben?"

Offensichtlich überrascht von seiner Frage schüttelte sie den Kopf. „Nein."

„Warum denkst du dann, dass ich *dich* für einfach zu haben halte? Nur, weil du dir erlaubst, einer Sache zuzustimmen, die du willst? Ich verurteile Menschen nicht, die ihrem Verlangen nachgehen." Jake senkte den

Kopf, bis seine Lippen über ihren schwebten. „Du hast noch die Chance, es dir anders zu überlegen, aber sobald ich dich küsse –"

Er bekam keine Gelegenheit, seinen Satz zu beenden, da Claire ihm entgegenkam und ihn küsste. Gleichzeitig erstaunt und ermutigt genoss er ihre weichen Lippen einen viel zu kurzen Augenblick, bevor sie sich ihm wieder entzog.

„Ich werde es mir nicht anders überlegen." Ihre geflüsterten Worte wehten gegen sein Gesicht.

Ohne auf das Ende des Liedes zu warten, führte er sie zur Bar, warf einen Zwanziger auf die Theke und ging ohne ein weiteres Wort mit Claire weg. Es war ihm egal, was der Barkeeper davon hielt. Jake orientierte sich, bog in die nächste Seitenstraße ein und marschierte nach Nordwesten.

Der Strand war verlassen. Und genau wie er von seinem Schlafzimmerfenster aus erspäht hatte, stand dort ein kleiner Schuppen. Er ging darauf zu und las das Schild: *Strandverleih*. Ein kleines Vorhängeschloss verwehrte den Zutritt zum Inhalt des Schuppens. Er griff danach.

„Was machst du? Du willst doch nicht etwa einbrechen, oder?"

Er zwinkerte ihr zu. „Lass uns heute wild sein." Dann drehte er sich so, dass sie nicht sehen konnte, wie er das Schloss öffnete: mit reiner Vampirkraft.

In der Hütte war genau das, was er suchte: Kissen für die Strandliegen, die neben der Hütte säuberlich aufgestapelt waren. Er zog zwei heraus und breitete sie im Sand aus und bereitete so ein improvisiertes Bett.

Als er Claires immer noch erstaunten Blick bemerkte, legte er seinen Arm um ihre Taille und zog sie an sich. „Glaub mir, so wird es für uns beide bequemer sein."

„Ich suche nach nichts Bequemem." Ihr Mund öffnete sich und ihre Wimpern kollidierten fast mit ihren Augenbrauen.

Gott, war sie schön. Da traf es ihn – dass diese Schönheit bald von dieser Welt verschwunden sein würde. Dieses Wissen umklammerte sein Herz wie eine eiserne Faust und drückte zu. Der Schmerz war greifbar, obwohl er eigentlich keinen körperlichen Schmerz spüren sollte.

Jake brachte seine Lippen zu ihren, sodass sie sie fast berührten. „Was willst du?"

„Mich lebendig fühlen."

„Nur lebendig? Ich kann noch mehr als das, Darling."

Ihre Lippen waren weich und nachgiebig, als er mit seinem Mund darüber glitt und sie sanft einfing. Es bestand keine Eile. Die Sonne würde erst in sieben Stunden aufgehen. Er hatte Zeit, sie gemächlich zu lieben. Ihr alles zu geben, was sie brauchte, um sich noch einmal geliebt zu fühlen.

In ihrem leichten Kleid drückte sich Claire gegen sein kurzärmliges Baumwoll-Shirt und seine Leinenhose, sodass er jede Kurve ihres Körpers spüren konnte. Sie war nicht üppig, doch sie hatte gute Proportionen. Er zog sie näher an sich und ließ eine Hand auf ihren verlockenden Po gleiten.

Ein sanftes Stöhnen entkam ihrer Kehle. Er schluckte es, als sich ihre Lippen öffneten und sie ihm erlaubte, seine Zunge in sie gleiten zu lassen, um sie zu erforschen. Als er ihre süße Essenz kostete, wurde sein Körper härter, ein Anhängsel mehr als der Rest: Sein Schwanz, der schon halb erigiert war, seit sie miteinander getanzt hatten, richtete sich nun vollständig auf.

Er konnte nicht widerstehen und drückte seine Hüften fest gegen ihr weiches Zentrum und ließ sie spüren, was sie mit ihm anstellte. Als Antwort senkte sie ihre Hände zu seinem Hintern. Er konnte spüren, wie sich ihre Finger hart in sein Fleisch bohrten, ein Gefühl, das er willkommener hieß, als sie ahnen konnte.

Er hatte es schon immer geliebt, wenn seine vampirischen Geliebten ihre Klauen in ihn gruben und das Blut aus ihm floss, während er seinen Schwanz in sie stieß. Er wünschte sich jetzt dasselbe, einen heftigen Liebesakt, eine Erfahrung ohne Kompromisse.

Seine Fangzähne begannen bei dem Gedanken daran zu jucken und er konnte spüren, wie sie länger wurden. Verzweifelt versuchte er, seine vampirische Seite im Zaum zu halten und riss seinen Mund von ihr. Er hob sie in seine Arme und legte sie auf die Liegekissen, die er ausgebreitet hatte.

Er suchte nach dem Reißverschluss ihres Kleides und zog ihn nach unten. Schüchtern wie eine Jungfrau sah sie weg, doch das würde er nicht zulassen.

„Claire", forderte er sie auf und zog ihren Blick wieder auf sich. „Ich will, dass du zusiehst, wie ich mich ausziehe."

Er bemerkte, wie sie schwer schluckte. Aber sie sagte nichts. Langsam öffnete er die Knöpfe seines Hemdes, dann entledigte er sich seiner Kleidung. Ihre Augen tanzten zu seiner Brust. Sie zog ihre Unterlippe zwischen ihre Zähne und zeigte ihm so ihre Anerkennung. Als ihr Blick auf seine Hose fiel, schlug sein Herz plötzlich schneller. Claire blickte auf die Beule, die sich unter seinem Reißverschluss gebildet hatte, und ihre Schüchternheit war plötzlich verschwunden.

Als sie ihre Lippen leckte, knurrte er unfreiwillig.

Jake öffnete seine Hose und streifte sie ab, sodass er nur noch in seinen Retropants war. Diese spannten sich über seine immer noch wachsende Erektion. Als er an sich hinabblickte, bemerkte er, dass ein Tropfen Feuchtigkeit aus ihr gedrungen war und sich auf dem Stoff abzeichnete.

Er war sich sicher, dass sie es auch bemerkte, da der Mond genug Licht spendete, sodass selbst menschliche Augen gut sehen konnten. Über ihr stehend hakte er seine Daumen in den Bund seiner Pants und schob sie hinunter, bis er seinen Schwanz befreit hatte. Kühle Nachtluft blies gegen seinen Ständer, aber das beruhigte das tobende Organ nicht.

Claire starrte ihn immer noch mit weiten Augen und geöffneten Lippen an, als er sich von dem letzten Kleidungsstück befreite. Ihre Brust hob sich und er konnte sehen, wie ihre harten Nippel durch den Stoff ihres Kleides drückten.

„Jetzt du. Zieh dich für mich aus."

Er senkte sich auf die Knie, nahe genug, sodass nichts seinem wachsamen Auge entgehen würde.

Mit zögerlichen Bewegungen schob sie einen Träger von ihrer Schulter und enthüllte ihre weiche Haut. Dann ließ sie den zweiten fallen und zog am Stoff, um noch mehr Haut zu entblößen. Der Ansatz ihrer Brüste kam zum Vorschein und Sekunden später lagen die perfekt runden Hügel, auf denen harte rosa Knospen saßen, brach.

Jake nahm tief Luft. „Du bist wunderschön. So perfekt."

Ermutig von seinen Worten schob sie den Stoff noch weiter hinab. Als sie ihre Hüften erreichte, hielt sie inne.

„Zeig mir mehr", verlangte er.

Claire schob das Kleid über ihre Hüften und befreite sich davon. Sie trug das winzigste Höschen, das er seit langem gesehen hatte. Das Dreieck aus Stoff bedeckte kaum das dunkle Haarnest. Das Material war so dünn, dass es zerreißen würde, wenn er es berührte. Doch genau das wollte er tun.

Als ihre Hand zu ihrem Höschen wanderte, stoppte er sie. „Warte."

Sie blickte ihn erschrocken an. „Ich dachte, du wolltest, dass ich mich ausziehe."

„Ich habe es mir anders überlegt." Er ging auf Hände und Knie und krabbelte zu ihr. „Ich will den Rest selbst machen, außer du hast etwas dagegen."

Mit einem Lächeln legte sie sich zurück. „Ich habe nichts dagegen."

Einen langen Moment blickte er sie einfach an und saugte den Anblick auf. „Ich könnte dich ewig ansehen und würde deines Anblicks nie müde werden."

Claire lachte leise und errötete. „Das musst du nicht sagen."

Er beugte sich über sie. „Es ist wahr." Dann senkte er den Kopf zu ihren Brüsten und leckte mit seiner Zunge über eine Brustwarze.

Ein ersticktes Stöhnen entkam ihrer Kehle und ihr Körper bäumte sich ihm entgegen.

„Genau wie ich vermutet habe", raunte er an ihr warmes Fleisch. „Perfekt."

Dann fing er ihren Nippel zwischen seinen Lippen ein und saugte daran, während er ihre andere Brust nahm und sie knetete, bis sie sich unter ihm wand und ihre Erregung die Luft um ihn herum erfüllte. Sie schmeckte jung und rein, so unverdorben, dass er fast vergaß, was das Leben für sie bereithielt. Aber er wollte nicht daran denken, nicht jetzt, nicht wenn er ihr mehr Vergnügen bereiten wollte, als sie je erfahren hatte.

Diese Nacht war für Claire, auch wenn er wusste, dass auch er seinen Anteil an

Vergnügen bekommen würde. Nur zuzusehen, wie sich ihr Körper bewegte und ihr Herz gegen ihren Brustkorb schlug, erfüllte ihn mit Stolz – und sandte mehr Blut in seinen Schwanz, was ihn so hart machte wie die Felsen, an denen sich die Brandung brach.

Der Mond badete Claire in ein warmes Licht, wie Sonnenlicht es nie könnte. Es gab ihrem Gesicht ein fast mystisches Glühen, als wäre sie nicht echt und nur ein Hirngespinst seiner Vorstellung. Und vielleicht war sie das auch; vielleicht träumte er, um der Monotonie seines langen Lebens zu entkommen. Es war egal, weil sich das, was sich unter seinen Händen befand, echt anfühlte: warmes Fleisch, weiche Haut, heißes Blut. Sie war die Vollkommenheit in Person.

Als er fortfuhr, ihre Brüste mit Küssen und Zärtlichkeiten zu überschütten, bewegte sich seine Hand weiter hinab und strich ihren Oberkörper entlang, bis er ihr Höschen erreichte. Er schob seine Finger zwischen Stoff und Haut und erforschte das krause Haar, das ihr Geschlecht beschützte.

Ein angehaltener Atemzug entkam Claires

Lippen, als er sich weiter hinabbewegte, aber gleichzeitig neigten sich ihm ihre Hüften einladend entgegen.

„Ja, Darling, ich bin hier", ermutigte er sie und rutschte tiefer, wo er warmes, weiches Fleisch spürte, das sich so sanft wie Seide anfühlte. Er badete seine Finger in ihrer Erregung, bevor er wieder nach Norden wanderte.

„Oh, Gott!", rief sie aus.

Seine erfahrenen Finger fanden das kleine geschwollene Organ, das von einer Haube beschützt dalag. Er zog die Haube nach oben und entblößte ihre Klitoris vollständig, bevor er mit einem Finger darüber strich. Claire hob fast vom Boden ab, während sich gleichzeitig ihr Herzschlag beschleunigte.

Sein eigener Körper heizte sich auf, als der Duft ihrer Erregung stärker wurde. Sein Schwanz drückte gegen ihren Oberschenkel und wartete ungeduldig darauf, an die Reihe zu kommen. Doch er würde noch etwas länger warten müssen.

Mit langsamen und steten Bewegungen umkreiste er das geschwollene Bündel von

Nerven unter seinen Fingern. Er drückte nur leicht und genoss den Augenblick. Claire war ihm jetzt ausgeliefert. Mit seiner Berührung konnte er ihren Körper befehligen und ihr Vergnügen bereiten. Jetzt würde es kein Entkommen mehr für sie geben. Kein Zurück.

„Heute Nacht gehörst du mir", murmelte er an ihre Brüste. Und er würde alles nehmen, was sie ihm geben wollte – und mehr, das begriff er nun auch. Denn sie hatte nicht nur das Verlangen nach Sex in ihm geweckt, sondern ein viel dunkleres. Eines, dem sie nicht so leicht zustimmen würde.

Plötzlich ungeduldig zog er seine Hand von ihrem Geschlecht und packte ihr Höschen. Mit einer schnellen Bewegung riss er es ihr vom Leib.

„Verdammt", fluchte er und senkte sich zwischen ihre Beine. Er spreizte sie weiter, bevor er seinen Kopf zu ihrem glitzernden Geschlecht senkte. Er schlang ihre Beine über seine Schultern, eines auf jeder Seite seines Kopfes, und senkte seinen Mund auf sie.

Überraschtes Keuchen hallte durch die

Nacht. „Jake, oh mein Gott!", rief sie. „Du musst nicht …"

Aber sie verstummte, als er seine Zunge über ihre Spalte leckte und ihre Erregung aufsammelte. Ihr Geschmack war berauschend und gleichzeitig belebend. Er saugte, knabberte und leckte und ließ keine Stelle unerforscht. Sie war schön auf jede Art und Weise. Ihr Körper hieß ihn willkommen und öffnete sich seiner Liebkosung, seiner zärtlichen Fürsorge, als er nun mit seiner Zunge über ihre Klitoris strich und sie mit sanften Berührungen überschüttete.

Er liebte die Art, wie sie auf ihn reagierte, die Art, wie sie vor ihm lag, vor ihm ausgebreitet ihm erlaubte zu tun was ihm gefiel. Seine eigene Erregung stieg an, als er spürte, wie sich ihr Körper anspannte und sich mit mehr Drängen an ihn presste. Die Klänge von Vergnügen, die von ihr kamen, wurden stärker und spornten ihn an, ihr mehr zu geben. Ohne seine Lippen und seine Zunge von ihr zu nehmen, brachte er seine Hand zu ihrem Geschlecht und streichelte ihre weichen Falten entlang. Dann drang er langsam und in einem kontinuierlichen Stoß mit seinem Mittelfinger in sie ein.

Ihre Muskeln klammerten sich eng um ihn – enger, als er erwartet hätte. Wie lange war es schon her, seit ein Mann sie dort berührt hatte? Seit ein Mann seinen Schwanz in sie getrieben hatte? Der Gedanke, dass niemand das für eine lange Zeit gemacht hatte, machte ihn nur noch ungeduldiger, sich in ihre Muschi, die sich um ihn zusammenpressen würde, zu betten.

„Ja", stöhnte sie. „Oh bitte, ja."

Dass Claire ihn anflehte, ließ ihn fast kommen. Verdammt! Er würde sich nicht länger zurückhalten können, wenn sie so weitermachte.

Während er seinen Finger fester in sie stieß, saugte er ihre Klitoris tiefer in seinen Mund und presste seine Lippen zusammen. Ihr Körper entlud sich und die Wellen ihres Orgasmus rauschten durch sie und schlugen gegen seine Lippen. Ihre inneren Muskeln verkrampften sich um seinen Finger und packten ihn so fest, dass er dachte, sie würde ihn nie wieder loslassen. Nicht, dass es ihm etwas ausmachen würde. Er liebte es, in ihr zu sein.

Es dauerte einige Minuten, bis ihr Körper wieder zur Ruhe kam und Jake seine Lippen von ihrem süßen Geschlecht nehmen konnte. Als er das tat und sie anblickte, waren ihre Augen geschlossen. Sie atmete schwer.

„Ich muss jetzt in dir sein." Er positionierte sich zwischen ihren Beinen und brachte seinen Schwanz an ihr Zentrum.

Claire öffnete langsam ihre Augen und ein sanftes Lächeln umspielte ihre Lippen. „Ja", flüsterte sie atemlos. „Lass mich dich spüren."

„Du hast mich so hart gemacht", stieß er zwischen zusammengepressten Zähnen hervor und konnte seine Fangzähne kaum davon abhalten, sich auszufahren. Sein Hunger schob sich nun in den Vordergrund.

Nicht imstande, sich zu bremsen, stieß er mit einer kräftigen Bewegung in sie und stahl ihr damit die Luft aus der Lunge. Als sie einatmete, weiteten sich ihre Augen.

„Oh mein Gott, bist du groß. Noch größer als vorhin."

Die meisten Vampire waren das. Sex war

ein wesentlicher Bestandteil von dem, was sie waren, und ihr Vampirblut sorgte dafür, dass ihre Schwänze hart und groß waren, um ihre Partnerinnen zu befriedigen und ihnen zu geben, was sie brauchten.

Mit jedem Stoß wurde er härter. Mit ihren Säften bedeckt und in ihrem Körper vergraben, erwachte alles Männliche in ihm.

Claires Augen rollten zurück und ihr Mund öffnete sich, während ihre Nippel erneut zu harten Punkten wurden. „Oh Gott!", murmelte sie.

„Ich hatte dir versprochen, dass du dich mehr als nur lebendig fühlen wirst." Er lächelte auf sie hinab und fuhr mit erhöhter Geschwindigkeit fort, in sie zu stoßen. Sein Körper fand seinen eigenen Rhythmus und fickte sie hart und schnell. Er zog ihre Beine hoch und spreizte sie dabei weiter, um tiefer hineinzutauchen. Ihre Muschi packte ihn jetzt noch fester. Auf ihrem Gesicht sah er Zeichen puren Vergnügens. Ihre Haut nahm einen gesunden Farbton an und ließ sie noch schöner wirken.

Er wünschte, dass er ewig so weitermachen

könnte, aber ihr Kanal verengte sich um ihn und der Duft ihrer Erregung machte ihn fast verrückt vor Lust. Da er wusste, dass sie so kurz davor war wie er, steigerte er sein Tempo und ließ sich gehen.

Er fühlte, wie sein Samen durch seinen Schwanz rauschte, als ihre inneren Muskeln beim Ausbruch ihres Orgasmus zuckten. Er schloss sich ihr an und tauchte mit einem letzten Stoß ins Vergessen und kam in ihr.

Schwer atmend senkte er seinen Kopf zu ihrer Halsbeuge. „Du bist perfekt", wiederholte er und küsste ihren Hals, nur um zu bemerken, dass sich seine Fangzähne ausgefahren hatten.

Er wusste, was seine vampirische Seite jetzt von ihm verlangte. Und er konnte sich nicht versagen, wonach er sich gesehnt hatte, seit er sie das erste Mal berührt hatte: nach ihrem Blut.

„Claire", sagte er leise und flüsterte in ihr Ohr. „Ich kann nicht aufhören."

Er leckte über die dicke Vene an ihrem Hals und zog seine Lippen von seinen Zähnen zurück. Als seine Fangzähne ihre weiche Haut berührten, spürte er, wie sie unter ihm erbebte.

Seine Suggestionskraft, eine Kraft, die jeder Vampir besaß, benutzend, schickte er ihr seine Gedanken.

Fühle meinen Kuss. Fühle, wie meine Lippen dich liebkosen, wie meine Zunge dich leckt.

Dann senkte er seine Fangzähne in ihren Hals und bohrte ihre Vene an. Reichhaltiges Blut floss über seine Zunge seine Kehle hinunter und belebte seinen Körper. Claire war bei Bewusstsein und sich allem um sie herum gewahr – seines Schwanzes, der in sie stieß, seiner Hände, die sie streichelten – jedoch nicht seines Bisses: Sie glaubte, dass er sie küsste.

Claire stöhnte leise.

„Ja. Nimm von mir"; murmelte sie.

Schock durchfuhr ihn. War sie sich dessen bewusst, was er machte? Oder ertrank sie nur in den Wellen sexueller Glückseligkeit, die von seinem Biss intensiviert wurden?

Konnte sie ihn spüren? Verdammt, er *wollte*, dass sie ihn spürte. Dass sie wusste, dass er ihr Blut trank, auch wenn er sich bewusst war, dass das nicht klug war. Er wollte, dass sie wusste, was er war: ein Geschöpf der Nacht, ein Mann, den es nach menschlichem Blut dürstete; ein Vampir.

Er schickte ihr eine telepathische Frage. *Claire, gefällt dir, was ich mache?* Er saugte stärker an ihrer Vene, während er weiter in ihr Geschlecht stieß.

„Mehr…"

Ja, Darling, ich gebe dir mehr.

Weil auch er mehr wollte. Mehr von Claire.

5

Claire war in ihrem eigenen Bett aufgewacht – alleine. Ihr Körper summte immer noch von der Liebesnacht mit Jake. Zu ihrer Überraschung trug sie ihr Nachthemd. Einen Augenblick lang lag sie tagträumend da. Sie bereute es nicht, sich einem Fremden hingegeben zu haben, den sie nur Stunden zuvor kennengelernt hatte. Eigentlich war es sogar befreiend gewesen, mit einem Mann zusammen zu sein, der nichts über sie wusste. Sie konnte einfach vorgeben zu sein, was sie sein wollte: eine junge Frau, die ihr Leben noch vor sich hatte.

Sie konnte sich nicht erinnern, wie sie wieder in ihr Zimmer gekommen war. Und sie hatte seltsame Träume gehabt: Sie hatte geträumt, dass Jake sie in den Hals biss, während er sie ein zweites Mal liebte. Sie hatte es genossen, es geliebt, wie sie sich dabei gefühlt hatte. Sie schüttelte den Kopf bei den seltsamen Gedanken und stieg aus dem Bett.

Sofort schwankte sie und ihr Kopf pochte plötzlich. Ein scharfer, schmerzender Stich durchfuhr sie. „Oh Gott, nein!", wimmerte sie. Ein weiterer Anfall stand bevor. Sie suchte ihr Zimmer nach ihrer Handtasche ab und fand sie auf einem Stuhl liegend. Sie eilte hinüber, öffnete sie und kramte darin nach ihren Tabletten. Aber sie konnte sie nicht finden. Verzweifelt schüttete sie den Inhalt ihrer Tasche aufs Bett, aber die Pillendose war nicht dabei.

Ein weiterer schmerzender Stich durchfuhr sie. Sie hielt sich stützend am Bettgestell fest und wartete, dass die Welle des Schmerzes vorbeiging. Dann rannte sie zur Tür. Sie musste zu Mrs. Adams, damit diese den Arzt anrief, bei dem sie ein paar Tage zuvor gewesen war.

Als sie den Türknauf packte, fielen ihre Augen auf die Kommode daneben. Darauf stand ihre Pillendose mit einer Notiz darunter.

Ich habe sie im Gang gefunden, stand auf einem Bogen Briefpapier des Sunseekers Inn.

Erleichtert schnappte sie sich die Dose, drehte den Deckel auf und kippte sich zwei Pillen in den Mund. Sie schluckte sie mit dem letzten Schluck Wasser aus der Flasche hinunter, die auf ihrem Nachtkästchen stand.

Ihr Herz schlug jetzt wild und nichts von der Glückseligkeit, die sie die Nacht zuvor verspürt hatte, war noch übrig. Ihre Krankheit beeinträchtigte ihr Leben immer mehr und löschte jegliche Freude, die sie hatte, aus.

Sie wollte nicht dahinwelken und erleben müssen, dass das letzte Bild ihres Lebens eines voller quälender Schmerzen war. Nein, woran sie sich erinnern wollte, war das Vergnügen, das sie empfunden hatte, als sie mit Jake geschlafen hatte. Sie würde ihrer Krankheit nicht erlauben, dieses Erlebnis zu überschatten. Deshalb musste sie ihr Leben in die Hand nehmen – oder besser gesagt, ihren Tod.

Sie hatte nie wirklich an die Kraft der heißen Quelle geglaubt. Sie hatte sich selbst belogen, weil sie sich nicht mit dem Unausweichlichen auseinandersetzen wollte. Aber jetzt war sie stark genug. Sie hatte die Nacht zuvor etwas Wunderschönes empfunden und sie wollte diese Welt verlassen, solange diese Erinnerung noch in ihrem Kopf lebendig war. Für ein paar Stunden war sie glücklich gewesen. Das war alles, was sie sich hatte erhoffen können.

Sie ignorierte den Schmerz in ihrem Kopf, stellte ihre Tasche aufs Bett und fing an zu packen, auch wenn sie an den Ort, an den sie gehen würde, nichts würde mitnehmen können.

Jake erwachte aus einem unruhigen Schlaf. Während des ganzen Tages war er immer wieder aufgewacht, was für ihn ungewöhnlich war. Aber die Geschehnisse der letzten Nacht hatten ihn aufgerüttelt. Sein Kopf konnte sich nicht zur Ruhe legen; er schob Überstunden. Es war nicht fair, dass Claire so jung sterben sollte, während er darüber nachdachte, seinem Leben ein Ende zu setzen. Wie ironisch das doch war! Sie wollte leben und würde sterben, wohingegen er, der sterben wollte, ewig leben würde. Das Leben war grausam.

Letzte Nacht hatte er das erste Mal in seinem Leben gespürt, dass er gebraucht wurde. Von einer anderen Person gebraucht wurde. Er hatte Claire Vergnügen bereiten und ihr das Gefühl geben können, dass sie begehrt war, denn er begehrte sie. Mehr, als er je eine Frau zuvor begehrt hatte. Lag es daran, weil er sie retten wollte? Oder steckte mehr dahinter? Hatte er endlich eine Frau kennengelernt, die ihm den Sinn in seinem Leben geben konnte, nach dem er sich so verzweifelt sehnte? Hatte er jemanden gefunden, um den er sich sorgen konnte, jemanden, dem er seine Seele schenken konnte?

Und was hatte es mit dem Grund auf sich, der ihn auf die Insel gebracht hatte? Wenn die heiße Quelle wirklich Kräfte besaß, warum erfüllte sie dann nicht Claires Wunsch? Oder brauchte sie wirklich ein Opfer, eines, das *er* bringen konnte?

Er musste mit Claire reden. Nach der letzten Nacht fühlte er sich ihr nahe und hoffte, dass sie genauso empfand. Wenn das der Fall war, dann konnte er ihr ein Angebot machen. Aber es musste ihre Entscheidung sein.

Ungeduldig auf den Sonnenuntergang wartend, nahm Jake eine Dusche und zog sich an. Als die Sonne endlich am Horizont verschwand, verließ er sein Zimmer und ging zu Claires. Er klopfte, doch niemand antwortete. Er versuchte den Türknauf und dieser ließ sich drehen. Als er in den Raum blickte, zuckte er unfreiwillig zurück: Das Bett war gemacht und das Zimmer leer. Claires persönliche Dinge waren verschwunden.

In Panik eilte er hinunter und fand Mrs. Adams hinter dem Empfangstresen.

„Miss Culver, wo ist sie?", fragte er ohne eine Begrüßung.

Mrs. Adams zog die Augenbrauen hoch und blickte ihn neugierig an. „Sie hat ausgecheckt."

Sein Herz blieb stehen. „Wo ist sie hin?"

„Ich weiß es nicht."

„Was hat sie Ihnen gesagt? Sie muss doch

etwas gesagt haben." Es war ihm egal, dass er verzweifelt klang.

Mrs. Adams runzelte die Stirn. „Jetzt, da Sie fragen. Naja, hm, sie sagte, dass sie bereit ist, jetzt zu gehen. Als ich sie fragte, wohin sie wollte, sagte sie nur: *Wo es keinen Schmerz gibt.*"

Sein Herz verkrampfte sich. „Und Sie haben sie nicht aufgehalten?" Aber er wartete nicht auf ihre Antwort und raste bereits aus dem Haus.

Jake starrte in die Nacht. Wo würde sie es beenden? Wohin würde sie gehen? Einen Moment lang ließ er seinen Geist wandern, dann konnte er den Ort sehen, an dem er seinem Leben ein Ende setzen würde: der letzte Ort, an dem er glücklich gewesen war.

Er rannte so schnell er konnte und es war ihm egal, ob ihn jemand sah und sich fragte, wie ein Mann so schnell laufen konnte wie ein Auto. Er musste zu Claire gelangen. Seine Beine trugen ihn zum Strand, an dem sie sich in der Nacht zuvor geliebt hatten. Er rannte an dem Schuppen vorbei, während seine Augen die Küste absuchten, als er an der Stelle eine

Bewegung wahrnahm, wo die Wellen gegen eine Ansammlung von Felsen brandeten.

Dort stand Claire auf einem Vorsprung und blickte in die Ferne.

„Claire!", rief er, aber sie drehte ihren Kopf nicht. Sie konnte ihn vermutlich wegen der Brandung, die bereits ihre Kleidung durchnässt hatte, nicht hören.

Er sprintete auf die Felsen zu und seine Füße sanken mit jedem kräftigen Schritt tief in den feuchten Sand. Doch davon ließ er sich nicht aufhalten. Er wusste, dass er sie erreichen musste, denn ihr Vorhaben war bei der Art, wie sie sich zu den Wellen vorlehnte, offensichtlich. Jede Sekunde würde sie springen und die Brandung würde sie verschlingen und gegen die Felsen peitschen.

Er konnte es nicht geschehen lassen. Und plötzlich wusste er, dass es eine Möglichkeit gab, damit sich ihrer beider Wünsche erfüllten. Als er auf sie zu rannte und die Felsen hinauf raste, erkannte er endlich, was sein wahrer Herzenswunsch war. Es war nicht, wieder sterblich zu werden; es war, seine Menschlichkeit wiederzuerlangen, sich gebraucht zu fühlen, sich geliebt zu fühlen. Claire war der Schlüssel. Deshalb war er hier. Nicht wegen der magischen Quelle, sondern um sie zu retten.

Und er durfte jetzt nicht versagen. Nicht, wenn er so nahe am Ziel war. Nicht, wenn so viel auf dem Spiel stand.

Als er die Spitze der Felsen erreichte, brandete eine große Welle dagegen und traf Claire.

Er streckte den Arm aus und raste auf sie zu, aber die Welle riss sie um und nahm ihr den Halt.

„Neiiiiin!" Der Schrei löste sich aus seiner Kehle, als er mit übermenschlicher Kraft und Geschwindigkeit auf sie zusprang. Seine Finger fanden Halt und legten sich um ihren Arm. Er zerrte sie aus den Fängen des dunklen Ozeans, zog sie zu sich und presste sie fest an sich, als sich die nächste Welle bereits aufbaute. Doch als diese gegen die Felsen schlug, hatte er Claire bereits in Sicherheit gebracht.

Sie wirkte benommen in seinen Armen, als er sie zum Strand trug und auf dem trockenen

Sand ablegte. Endlich breitete sich in seinem Inneren Erleichterung aus und er wagte es, wieder zu atmen.

Ein Seufzen riss sich aus ihrer Kehle. „Warum hast du mich nicht sterben lassen, Jake?"

„Schh, Darling", beruhigte er sie.

Sie wehrte sich in seinen Armen und stemmte sich gegen ihn. „Ich habe einen Hirntumor. Ich halte den Schmerz nicht mehr aus ..."

Er zog sie näher an seine Brust und strich mit seiner Handfläche über ihr nasses Haar und fühlte, wie sie zitterte. „Ich weiß, Darling."

Sie stemmte ihre Hände gegen seine Brust. „Du wusstest es?"

„Ich habe die Pillendose gefunden. Mrs. Adams hat mir den Rest erzählt."

Ein weiteres Schluchzen riss sich aus ihrer Brust. „Hast du deshalb mit mir geschlafen? Weil du Mitleid mit mir hattest?"

„Nein! Ich habe mit dir geschlafen, weil ich dich begehre. Ich will dich mehr als alles andere in diesem Leben." Es war die Wahrheit, obwohl er nicht wusste, wie es passiert war.

Vielleicht war es Schicksal. Oder vielleicht die magische Quelle.

Tränen rannen über ihre Wangen. Mit seinem Daumen wischte er sie weg.

„Claire, was ich dir jetzt sage, hört sich vielleicht fantastisch an, aber es ist die Wahrheit. Denkst du, du kannst unvoreingenommen bleiben?"

„Wobei?"

„Du willst leben, nicht wahr?"

Ein Seufzen, noch heftiger als das vorherige, störte die Nacht.

„Dann habe ich eine Lösung für dich. Die Quelle hat funktioniert. Weil sie uns zusammengebracht hat. Du hast dir ein Heilmittel gewünscht. Ich kann es dir geben."

Mit großen blauen Augen starrte sie ihn an, halb hoffend, halb zweifelnd. „Wie?"

„Ich bin ein Vampir, Claire, ich bin unsterblich und ich kann dich unsterblich machen."

Er beobachtete ihre Augen, als ihr Gesichtsausdruck sich in Ungläubigkeit verwandelte. „Nein." Sie schüttelte den Kopf und wich zurück. „Nein."

„Es ist wahr. Und du weißt es. Tief drinnen weißt du es doch, oder?" Er richtete seinen Blick auf die Stelle an ihrem Hals, wo er sie in der Nacht zuvor gebissen hatte.

Ihre Hand kam hoch, um die Stelle zu berühren.

„Du weißt es, weil du es gestern Nacht gespürt hast. Du hast meinen Biss gefühlt."

Ihre Lippen öffneten sich, als wollte sie etwas sagen, aber es kam kein Laut heraus. Dann strich sie über ihren Hals. „Ich habe davon geträumt."

„Es war kein Traum. Als ich dich das zweite Mal geliebt habe, habe ich meine Suggestionskraft benutzt, um dich glauben zu lassen, dass mein Biss nur ein Kuss war. Aber ich glaube, ich habe meine Kraft nicht völlig ausgeschöpft, weil ich tief in mir wollte, dass du weißt, was ich tue."

Langsam wurde es ihr bewusst. „Du hast mein Blut getrunken."

Er nickte und legte seine Hand auf ihren Hals und strich über die Bisswunde. „Und ich habe es geliebt. Lass mich dir etwas im Gegenzug geben. Lass mich dir helfen."

„Wie?", flüsterte sie und blickte ihn direkt an.

„Ich kann dich zu einer Vampirin machen. Die Verwandlung wird alle Krankheiten auslöschen. Du wirst unsterblich sein und frei von Schmerz."

„Unsterblich? Und wie soll ich dann leben? In der Dunkelheit? Blut trinkend?" Ihre Lippen bebten.

„Die Dunkelheit kann schön sein." Er zeigte auf den Baldachin aus Sternen am Nachthimmel. „Selbst in der Dunkelheit gibt es Licht und Schönheit."

„Und das Blut?", flüsterte sie.

„Es gibt Möglichkeiten. Du müsstest nicht direkt von einem Menschen trinken, wenn du nicht willst. Auch wenn es dir mit der Zeit vielleicht gefallen würde. Aber falls nicht, gibt es immer noch Blutbanken."

Sie blickte ihn lange an und dachte offensichtlich über seine Worte nach. „Ich habe Angst."

Jake streichelte mit seinen Fingerknöcheln über ihre Wange. „Ich weiß. Aber ich werde für dich da sein."

Langsam bewegte sie ihren Kopf näher zu ihm. „Warum würdest du das für mich tun? Bist du nicht auch wegen eines Wunsches hergekommen?"

Er lächelte. „Weißt du, was ich mir gewünscht habe?"

Sie schüttelte den Kopf.

„Wieder sterblich zu sein." Er seufzte. „Aber ich verstehe jetzt, dass das nicht mein wahrer Herzenswunsch war. Es war nicht meine Sterblichkeit, die ich wollte."

„Woher weißt du das?"

„Ich weiß es, weil ich meinen wahren Herzenswunsch gerade in den Armen halte. Ich weiß jetzt, dass ich auf diese Insel geführt wurde, damit ich dich treffen und dir deinen Wunsch erfüllen kann."

„Also funktioniert die Quelle wirklich?"

Er küsste sie. „Ja. Aber nur für diejenigen, die bereit sind, ihre Augen zu öffnen und auf das Unmögliche zu vertrauen. Also, Claire, vertraust du mir, dir ein zweites Leben zu schenken?"

Langsam nickte sie. „Ich vertraue dir. Ich weiß nicht warum, aber ich tue es."

„Es wird nicht wehtun", versprach er. „Ich werde dir dein menschliches Blut aussaugen und bei deinem letzten Herzschlag meines zu trinken geben. Wenn du aufwachst, wirst du wie ich sein – ein Geschöpf der Nacht."

„Was, wenn es nicht funktioniert?"

„Ich verspreche dir, dass es funktionieren wird."

Sie schluckte und ihre Stimme zitterte, als sie ihre nächsten Worte sprach. „Wenn ich aufwache, wirst du dann da sein?" Ihre Augen funkelten voller Hoffnung.

„Claire, ich will ein Leben mit dir. Wenn du das auch möchtest, dann werde ich für alle Ewigkeit für dich da sein als dein Geliebter. Wenn du das nicht möchtest, dann werde ich als Freund an deiner Seite sein. Du hast die Wahl."

Es gab kein Zögern in ihrer Stimme, als sie ihm antwortete: „Beiß mich, mein Geliebter." Sie schloss die Augen und flüsterte erneut: „Mein Geliebter für alle Ewigkeit."

Sein Herz sprang vor Freude und er senkte seine Lippen zu ihrem Hals und durchbohrte ihre Haut mit seinen Fangzähnen. Er saugte an der dicken Vene und spürte, wie Claire bebte. Um sie zu beruhigen und ihr zu zeigen, dass sie sicher war, streichelte er sie zärtlich und schickte seine Gedanken zu ihr.

Ruhig, Darling. Alles wird bald gut sein. Vertrau mir. Ich werde dich beschützen.

Je mehr Blut er von ihr nahm, umso langsamer wurde ihr Herzschlag. Sein eigenes Herz schlug jetzt schneller. Es war schon lange her, dass er einen Menschen verwandelt hatte und der Prozess war nicht ohne Risiko. Wenn er ihr sein Blut zu früh gab, würde die Verwandlung nicht funktionieren und sie würde unter fürchterlichen Schmerzen sterben. Genauso würde sie sterben, wenn er zu lang wartete, auch wenn es dann nur so wäre, als würde sie einschlafen. Keines der beiden Szenarien war akzeptierbar. Claire musste leben. Er hatte es ihr versprochen.

Ich beschütze dich, wiederholte er erneut. Dann zog er seine Fangzähne aus ihrem Hals und bohrte sie in sein eigenes Handgelenk. Blut tropfte heraus.

„Jetzt", murmelte er zu sich selbst.

6

Die Dunkelheit um sie zog sich plötzlich zurück und machte Platz für Wärme und Licht. Sie war sich nicht sicher, was die Lichtquelle war, aber sie konnte spüren, wie sie gegen ihre geschlossenen Augenlider schien. Sie war von Weichheit umgeben. Ihre Ohren nahmen verschiedene Geräusche auf, manche davon entfernt, manche in der Nähe. Ihr Zahnfleisch juckte und unfreiwillig knirschte sie mit den Zähnen.

Der Nebel, der während des letzten Jahres ihr ständiger Begleiter gewesen war, der Schmerz, der ihr Leben überschattet hatte, war verschwunden. Stattdessen spürte sie Stärke und Macht, eine Energie, die unwirklich wirkte. Selbst vor ihrer Krankheit hatte sie sich nie so gefühlt.

„Claire."

Der Klang ihres Namens drang an ihr Ohr. Als riefe ihr jemand zu, sie solle diese wunderschöne Traumwelt, in der sie sich befand, verlassen. Sie wollte nicht darauf hören, wollte den Ort, an dem sie keinen Schmerz verspürte, nicht verlassen.

„Claire, bleib bei mir."

Sie erkannte die Stimme. Jakes Stimme. Ihr Liebhaber von der Nacht zuvor. Ein Fremder und doch hatte sie sich noch nie jemandem näher gefühlt.

Ihre Lippen öffneten sich, um zu sprechen, und erst jetzt bemerkte sie, dass sie nicht geatmet hatte. Luft raste in ihre Lunge, erfüllte sie, dehnte sie aus. Ein Keuchen entkam ihr bei ihrem ersten Ausatmen. Ihre Augen flogen gleichzeitig auf. Während sie versuchte, sie zu fokussieren, rauschten die Erinnerungen zurück. Erinnerungen daran, dass ihr das Blut aus dem Körper gesogen wurde, dass ihr Herzschlag sich verlangsamte. Erinnerungen daran, dass sie ein neues Leben bekam. Eine zweite Chance.

„Ich lebe", murmelte sie und sah sich um. Sie war nicht mehr am Strand. Sie lag in einem Bett, nackt unter dem Laken. Die Jalousien des Fensters waren geschlossen, aber sie konnte sehen, dass es draußen hell war.

Jake saß an der Bettkante. „Ja, lebendig und unsterblich." Seine unglaublich blauen Augen durchbohrten sie und seine Lippen formten sich zu einem Lächeln. „Ich habe dich in mein Zimmer gebracht." Er strich ihr zärtlich eine Haarsträhne aus der Stirn. „Ich habe dich ausgezogen und gebadet. Du warst klatschnass." Er zeigte auf seinen eigenen nackten Oberkörper und das Handtuch, das um seine Hüften gewickelt war. „Ich ebenfalls."

Sie nickte und hob ihre Hand, um seine Brust zu berühren. Unter ihren Fingern schienen sich Funken zu entzünden. Überrascht blickte sie ihm in die Augen. „Du fühlst dich anders an."

Er nahm ihre Hand und presste sie an die Stelle, wo sein Herz gleichmäßig und kräftig schlug. „All deine Sinne sind jetzt ausgeprägter. Alles, was du berührst, fühlt sich echter und intensiver an. Alles, was du siehst, ist schärfer, die Farben lebendiger. Dein Geruchssinn ist besser als der jedes Tieres und dein Gehör sensibler als je zuvor."

Sie konnte alles spüren, was er beschrieb. Und mehr. Langsam fuhr sie mit ihrer Hand seinen Oberkörper hinunter, bis ihre Finger gegen das Handtuch strichen. „Und mein Appetit auf Sex?"

Jake beugte sich näher zu ihr und ein verführerisches Lächeln umspielte seine Lippen. „Unersättlicher als du es dir vorstellen kannst." Er zwinkerte. „Aber ich stelle mich gerne zur Verfügung."

Er nahm ihre Hand und presste sie gegen das Handtuch. Darunter spürte sie den harten Umriss seines Schwanzes.

„Mmm." Sie drückte seine Erektion und fühlte, wie ihre Klitoris als Antwort pochte. „Ich muss dich spüren."

Sie leckte über ihre Lippen und spürte dabei, wie ihr Zahnfleisch juckte. Hastig einatmend öffnete sie ihren Mund weiter. Sie spürte, wie ihre Fangzähne sich ausfuhren.

„Wunderschön." Jakes Augen wurden dunkler und er strich mit seinem Zeigefinger über ihre Lippen, bevor er damit über einen Fangzahn rieb.

Ein Energieblitz durchfuhr sie und sie rang unwillkürlich nach Luft. Noch nie hatte sie etwas so Intensives verspürt wie Jakes Berührung. „Oh Gott! Was ist los?"

Er kam näher und seine Lippen waren nur noch Zentimeter von ihrem Mund entfernt. „Fangzähne sind die erogenste Zone eines Vampirs. Dich dort zu berühren, dich dort zu lecken, wird sich für dich anfühlen, als ob ich deine Muschi berühren und lecken würde. Ich kann dir einen Höhepunkt bereiten, nur indem ich über deine Fangzähne lecke." Und nach dem Funkeln in seinen Augen zu urteilen, wollte er genau das tun.

Der Gedanke erregte sie und ließ alle möglichen lüsternen Ideen ihren Kopf überschwemmen. Bedeutete das, ein Vampir zu sein? Von seinem Verlangen und seinen niedersten Instinkten beherrscht zu werden?

Mehr als einer dieser Instinkte zeigte bereits seine Fratze. Sie schluckte schwer.

„Ich bin …" Sie wusste nicht, wie sie ausdrücken sollte, was sie brauchte.

„Durstig? Ich weiß. Das ist natürlich. Ich habe menschliches Blut für dich." Er zeigte auf eine Tasche in einer Ecke des Zimmers. „Aber …" Er sah ihr in die Augen. „Ich will, dass das erste Blut, das du trinkst, meines ist. Ich will, dass dein erster Biss eine schöne Erinnerung ist."

Ihre Augen weiteten sich. „*Dich* beißen? Einen anderen Vampir?"

„Ja. Das ist normal unter Geliebten. Es vergrößert das Vergnügen. Und du wolltest mich doch als deinen Geliebten, oder? Oder hast du es dir anders überlegt?" Ein Flackern von Unsicherheit tauchte in seinen hypnotisierenden Augen auf.

Sie beeilte sich, seine Zweifel im Keim zu ersticken, und streichelte seine Wange. „Ich will dich." Sie senkte ihren Blick auf die Ader, die an seinem Hals pulsierte und fuhr mit ihrem Finger über den verführerischen Punkt.

Wie würde es sich anfühlen, ihn zu beißen und sein Blut zu trinken?

Eine Sekunde später warf Jake das Handtuch auf den Boden, entblößte seinen steifen Schwanz und zog die Bettdecke zurück. Er ließ seine Augen über ihren nackten Körper schweifen und die Bewunderung und das Verlangen darin ließ ihr Herz höher schlagen. Sie griff nach ihm und zog ihn zu sich hinab.

Überrascht über ihre eigene Stärke lächelte sie. „Ich glaube, das wird mir gefallen."

Zärtlich liebkoste er ihren Hals und fuhr mit seinen Fingern ihre pulsierende Vene entlang. „Genauso wie mir. Jetzt, wo du so stark bist wie ich, werde ich nicht mehr aufpassen müssen, dir nicht wehzutun. Als ich dich in der Nacht am Strand genommen habe, musste ich mich zurückhalten."

„Es fühlte sich nicht an, als ob du dich zurückgehalten hättest."

Er schmunzelte. „Das war noch gar nichts."

Bei dem Gedanken daran, mit Jake zu schlafen, spürte sie, wie ein Schauer durch sie raste, während die Schmetterlinge in ihrem Bauch zu flattern begannen. „Dann zeig es mir.

Ich will alles erleben. Ich will jetzt ganz leben. Ohne mich zurückzuhalten."

„Alles, was du willst, Darling."

Er stupste mit seinem Schwanz gegen ihr Zentrum. Der Kontakt von hartem männlichen mit weichem weiblichen Fleisch war elektrisierender als beim ersten Mal. Jedes Nervenende in ihrem Körper schien den Turbogang eingelegt zu haben und schickte ihr Eindrücke in den Kopf, Gefühle, die so intensiv waren, dass sie kaum glauben konnte, dass dies ihre eigenen waren.

Claire spreizte die Beine weiter und machte Platz, um ihn aufzunehmen. Er verlor keine Zeit und drang bis zum Anschlag in sie ein. Sie hieß die kraftvolle Invasion mit einem Stöhnen willkommen und liebte die Art, wie er sie ausfüllte. Obwohl sie immer langsamen und sanften Sex genossen hatte, hatte sie das Gefühl, dass sie sehr schnell nach dem wilden und leidenschaftlichen Sex süchtig werden würde, den Jake versprach.

Es lag nichts Zögerliches oder Langsames in der Art, wie er in sie stieß und sein Schwanz in sie drang. Tief und fest. Kraftvoll und schnell. Unermüdlich. Sie schlang ihre Beine um ihn, wobei sie ihre Knöchel unter seinem Hintern verhakte. Jedes Mal, wenn er in sie fuhr, zog sie ihn näher und verlangte, dass er ihr mehr gab.

Seine Augen durchdrangen sie. Ein roter Rand bildete sich um seine Iris und ein oranges Glühen breitete sich darin aus. Seine Lippen waren geöffnet und zeigten die Spitzen seiner Fangzähne. Und bei Gott, dieser Anblick erregte sie. Er war jetzt ganz Vampir. Mächtig, unsterblich, und er gehörte ihr.

„Beiß mich", murmelte er und neigte seinen Kopf zur Seite, um seinen Hals zu ihren Lippen zu bringen. „Koste mich." Er drang härter in sie ein und knurrte. „Und später, wenn du von deinen Orgasmen erschöpft bist, ficke ich deinen schönen Mund."

Die erotische Vorstellung raubte ihr das letzte Quäntchen Selbstbeherrschung. Ihre Fangzähne fuhren sich zur vollen Länge aus, und selbst wenn sie gewollt hätte, hätte sie ihre nächste Tat nicht aufhalten können. Sie setzte ihre Fangzähne an die Stelle, wo Jakes Hals mit seiner Schulter zusammenkam, und leckte über die glitzernde Haut. Der salzige Geschmack vergrößerte nur ihren Durst und sie durchbohrte seine Vene mit den scharfen Spitzen und vergrub sie tief in seinem Fleisch. Sollte er versuchen, sich von ihr zu entfernen, würden ihre scharfen Eckzähne sein Fleisch zerreißen, doch Jake wich nicht zurück. Stattdessen stieß er seinen Schwanz tiefer in sie, während sie an seiner Vene saugte und zum ersten Mal bewusst sein Blut kostete. Obwohl er sie verwandelt hatte, indem er ihr sein Blut gegeben hatte, hatte sie keine Erinnerung daran.

Es war das erste Mal, dass sie Jake wirklich kostete. Jakes Blut war reichhaltig und dickflüssig; sein Geschmack schickte einen Nervenkitzel in jede Zelle ihres Körpers und erweckte alles Weibliche und Vampirische in ihr. Sie saugte fester, denn sie brauchte mehr von diesem süchtig machenden Elixier, das er ihr so freizügig anbot.

„Verdammt!", knurrte er und erbebte. „Es ist zu gut!"

Sie spürte, wie er sich in ihr verkrampfte und sie mit seiner Essenz flutete, jedoch nicht langsamer wurde und in seinen unermüdlichen Stößen nicht innehielt. Er veränderte den Winkel und machte weiter. Sein Schwanz war noch genauso hart wie vor seinem Orgasmus. Währenddessen schluckte sie sein Blut und ließ es ihren Körper durchdringen, was ein Kribbeln durch alle ihre Zellen sandte.

Ihr Orgasmus kam ohne Vorwarnung. Er traf sie praktisch aus dem Nichts und überrollte sie wie eine Ozeanwelle. Nach Luft ringend zog sie ihre Fangzähne aus Jakes Hals und bäumte sich ihm entgegen.

„Ja, das ist es, Darling!", lobte er und schaukelte weiter ein paar Mal in sie, bevor er seinen Schwanz herauszog.

Bevor die Enttäuschung über das abrupte Ende ihres Liebesaktes Zeit hatte, sich auszubreiten, hatte er sie bereits auf den Bauch gerollt und ihren Po hochgezogen. Eine Sekunde später war er wieder in ihr und fickte sie mit seinem unglaublich harten Schwanz von hinten.

Sie schrie vor Vergnügen und Überraschung auf. „Jake!"

„Ich habe dir doch gesagt, dass ich mich

nicht zurückhalten werde." Er packte ihre Hüften fest und stieß in sie.

„Aber du bist schon gekommen", schaffte sie zu keuchen und hob sich auf ihre Ellbogen.

„Ich habe einige Liter von deinem Blut getrunken. Ich werde lange hart bleiben, egal wie viele Orgasmen ich habe."

Diese Erkenntnis ließ die Flammen in ihrem Bauch noch heller lodern. Ihr vampirischer Liebhaber würde sie lieben, bis sie beide kein Glied mehr bewegen könnten. Und gerade jetzt nahm er sie so hart und stieß von hinten in sie, dass eine menschliche Frau vor Qual aufschreien würde. Aber sie, Claire Culver, eine frisch verwandelte Vampirin, hieß jeden Stoß seines Schwanzes in ihr weiches Zentrum willkommen und sehnte sich nach mehr, je mehr Jake ihr gab.

„Fick mich, Jake!", rief sie. Es war ihr egal, ob irgendjemand in dem Bed-and-Breakfast sie hören konnte.

Er stieß in sie und packte sie so fest, dass sie ihm trotz ihrer neugewonnenen vampirischen Stärke nicht entkommen konnte.

„Mochtest du mein Blut?", fragte er

atemlos, wodurch sich seine Stimme wie ein Knurren anhörte.

„Ich habe es geliebt." Was die Wahrheit war.

„Gut."

Als wollte er ihr für die Antwort danken, brachte er seine Hand nach vorne und fand mit zielsicherer Präzision ihre Klitoris. Er rieb seinen feuchten Finger darüber, einmal, zweimal, und sie kam erneut. Ein noch stärkerer Orgasmus als beim ersten Mal schwappte über sie. Jake erbebte zur selben Zeit und noch mehr von seinem Samen spritzte in sie und befeuchtete ihren Kanal.

„Verdammt, ja!", knurrte er und wurde langsamer, während ihre Muschi von den Nachbeben erzitterte.

Von seinem zweiten Orgasmus immer noch zitternd, zog sich Jake aus ihrer Scheide. Er konnte nicht genug von Claire bekommen. Aber er wollte sie nicht überfahren. Er musste sich versichern, dass sie das wirklich wollte, dass sie wirklich so gefickt werden wollte. Schließlich hatte sie nicht wissen können, wie wild er im Bett werden konnte und wie unersättlich er wirklich war.

Sanft drehte er sie wieder auf ihren Rücken. Ihre Augen leuchteten vor Zufriedenheit, ihr Herz raste und ihre Haut glänzte schweißbedeckt. Sie griff nach ihm. Er beugte sich hinab und küsste sie, zuerst zärtlich, aber innerhalb weniger Sekunden wurde der Kuss leidenschaftlich. Mit einem Stöhnen riss er seine Lippen von ihr.

„Oh Gott, Claire, du treibst mich zum Wahnsinn." Er fuhr mit einer Hand durch sein feuchtes Haar und warf seinen Kopf zurück. „Die Dinge, die ich mit dir machen will ... Wie ich dich nehmen will, dich zu Meiner machen ..." Er seufzte. „Wenn du mich nicht stoppst, nehme ich dich auf jede nur erdenkliche Weise. Und ich meine *jede*. Also bremst du mich lieber, oder ich kann nicht garantieren, was noch passiert."

Ihre Augen verwandelten sich in geschmolzene Lava. Bei Gott, sie war ganz Vampir, durch und durch. Bis hinunter zu dem unstillbaren Verlangen nach Sex. Er hatte sie dazu gemacht. Aber hatte sie das wirklich gewollt? Hatte sie sich wirklich dafür entschieden?

Sie öffnete die Augen weiter, sodass ihre Wimpern gegen ihre Augenbrauen schlugen, eine so verführerische Geste, dass es ihm den Atem raubte. Ihre Zunge kam hervor und leckte über ihre Lippen. Sie wusste genau, wie sie ihn verführen konnte. Ihn anlocken konnte.

„In jener Nacht am Strand", murmelte sie, während ihre Hand zu seinem Po glitt. „Als du mich gebissen hast, während du mich das zweite Mal geliebt hast, konnte ich spüren, dass du mich fester nehmen wolltest, aber dich zurückgehalten hast."

„Du hast mich so wild gemacht, dein Blut … es hat mein Verlangen nach dir nur vergrößert."

„Es fühlte sich gut an. Alles. Der Biss, dein Schwanz in mir … zu spüren, dass du mich wolltest."

„Ich will dich immer noch. Jetzt sogar noch mehr."

„Dann nimm mich so wie du willst, weil ich

dasselbe will. Ich will alles mit dir erleben. Halte dich nicht zurück."

„Eine Frau nach meinem Geschmack." Er hob sich von ihr und stieg aus dem Bett, während er sie mit sich zog.

„Was machst du?"

Er führte sie Richtung Badezimmer. „Ich will mit dir duschen und dann will ich, dass du vor mir auf die Knie gehst und meinen Schwanz lutschst, als wäre er das Beste, was du je gehabt hast."

Als ihre Augen zu glühen begannen, so wie es nur bei Vampiren möglich war, sprang sein Herz vor Freude.

„Unter einer Bedingung."

Er erstarrte. „Bedingung?" Er war es nicht gewohnt, dass eine Frau Bedingungen stellte.

Claire schmiegte ihren sinnlichen Körper an seinen und brachte ihren Mund an sein Ohr. „Zieh ihn nicht heraus, bevor ich mit dir fertig bin. Ich will keinen einzigen Tropfen verkleckern."

Er nahm sie zwischen seinem Körper und dem Türrahmen gefangen. „Gott, Frau! Was hast du mit mir vor?"

„Ich will dich nur befriedigen."

Er senkte seinen hungrigen Mund auf ihren und brachte sie so zum Verstummen, damit sie nichts Verführerisches mehr sagen konnte, während er sie hochhob und sie auf seinen Schwanz gleiten ließ. Er nahm sie gleich dort an der Wand, bis ein weiterer Orgasmus ihn genug beruhigt hatte, um mit seinem ursprünglichen Plan fortfahren zu können und zu beobachten, wie Claire vor ihm kniete und seinen Schwanz in ihrem schönen Mund hatte, während er in sie stieß und noch einen weiteren Teil von ihr für sich beanspruchte.

7

Drei Monate später – New York City

Jake fluchte und schlug den Kerl neben einem Müllcontainer gegen die Wand. Aus den Augenwinkeln bemerkte er, wie sich Claire bereits um die junge Frau kümmerte, die der Mann angegriffen und zu vergewaltigen versucht hatte.

Egal wie oft er und Claire nachts in den Straßen von Manhattan umherzogen, es schien dort immer eine unerschöpfliche Menge an Verbrechern zu geben. Aber auch wenn er sich anfangs geschworen hatte, sich nicht in die Probleme von Menschen einzumischen, bedurfte es nur eines Blickes in Claires flehendes Gesicht, um zu wissen, dass er ihr keinen Wunsch abschlagen konnte. Gott, wie er sich in diese Frau verliebt hatte. Es war an der Zeit, ihr zu sagen, wie sehr.

„Du weißt, dass wir ihnen helfen müssen", hatte sie kurz nach ihrer Ankunft in New York gesagt, als sie auf einen Mann getroffen waren, der mit vorgehaltener Waffe ein älteres Pärchen überfallen hatte. „Wenn wir es nicht machen, wer dann?"

Ja, wer?

Also hatte er nachgegeben. Und – widerwillig – musste er zugeben, dass er gerne Leuten half und die rettete, die es nicht selbst konnten. Und je mehr Menschen er und Claire retteten, umso mehr schien er seine Menschlichkeit wiederzuerlangen. Die Güte in Claires Herz war ansteckend und sie hatte ihn damit offensichtlich infiziert. Auch wenn er das nie im Leben zugeben würde. Denn wer hatte schon einmal von einem netten Vampir gehört?

„Sie ist verletzt", teilte Claire ihm jetzt mit,

während sie versuchte, die verängstigte Frau zu beruhigen.

„Heile sie."

In der Zwischenzeit würde er sich um den Scheißkerl kümmern, der jetzt wieder auf die Beine kam und sich mit geballten Fäusten umdrehte. Jake knurrte zufrieden. Er liebte es, Arschlöcher zu verprügeln, und wenn sie sich wehrten, machte es noch mehr Spaß. Meistens benutzte er nicht einmal seine vampirischen Kräfte, um sie zu bestrafen. Er empfand mehr Genugtuung dabei, wenn er seinen Gegner trat und schlug und dieser glaubte – wenn auch nur kurzfristig – dass sie gleich stark waren.

Jake schlug seine Faust ins Gesicht des Kerls und hörte, wie dessen Nase brach. Ein schmerzvoller Aufschrei hallte durch die Nacht und der Geruch von Blut erfüllte die Luft in der dunklen Gasse. Unfreiwillig wurden seine Fangzähne länger, doch er gab sich keine Mühe, sie vor dem Menschen zu verbergen. Dieser Scheißkerl verdiente es, Angst zu verspüren.

Jake schaute seinen Gegner finster an und zog seine Lippen von seinem Zahnfleisch zurück, um ihm einen Blick auf seine tödlichen Eckzähne zu gewähren.

„Verdammt!", krächzte der Mann und taumelte rückwärts.

Jake neigte seinen Kopf zur Seite. „Ja, das kannst du laut sagen." Langsam verringerte er den Abstand. Er zog seinen Arm zurück und landete einen Treffer im Magen des Kerls, wodurch dieser sich zusammenkrümmte.

„Nein! Bitte –", wimmerte er. „Töte mich nicht!"

Jake hatte nicht vor, ihn zu töten. Das wäre keine Strafe für das, was er der jungen Frau angetan hatte. Wie er ihr Angst gemacht hatte.

Jake drückte den Kerl gegen die Wand und brachte seine ausgefahrenen Fangzähne auf ein paar Zentimeter an ihn heran. „Nicht heute Nacht. Aber wenn du je wieder eine Frau anfasst, oder sie auch nur ansiehst, werde ich dich in Stücke reißen." Er knurrte und hielt inne, um das Geräusch von den Wänden widerhallen zu lassen. „Ich werde dich beobachten. Du bist nirgends vor mir sicher. Merk dir das. Eine falsche Bewegung und ich werde dich jagen wie ein Tier."

Der Mann zitterte vor Furcht. Er stank praktisch danach.

„Verstanden?"

Mit klappernden Zähnen schaffte er es zu nicken.

„Gut. Und nun zu deinem Abschiedsgeschenk …"

Jake schlug den verachtenswerten Typen so stark, dass sein Kiefer brach und seine Augen bluteten, bevor er ihn in Richtung des Ausgangs der Gasse trat. „Renn, wenn du leben willst."

Er sah befriedigt zu, wie der verwundete Angreifer Richtung Straße taumelte. Als er verschwand, zog Jake seine Fangzähne ein. Dann machte er kehrt und marschierte dorthin, wo Claire sich um die Frau kümmerte.

Er ging neben den beiden in die Hocke und schätzte schnell die Verletzungen der Frau ein. Sie hatte Schürfwunden an Armen und Händen sowie an ihrem Hals und im Gesicht. Aber die Wunden waren nicht tief. Der Schock und die Angst waren das deutlich größere Problem.

Aber es schien so, als würde sich Claire bereits darum kümmern, denn die Augen des

Opfers wirkten, als würden sie sich auf nichts konzentrieren, als wäre die Frau in einer Trance.

„Benutzt du Gedankenkontrolle?"

Claire sah ihn einen Augenblick an. „So wie du es mich gelehrt hast. Ihre Wunden sind nicht ernst, aber ich will nicht, dass sie diese Erinnerungen hat."

Er nickte. „Da stimme ich dir zu."

Claire blickte wieder auf die Frau und konzentrierte sich auf sie. Jake beobachtete sie und bemerkte, wie ruhig und selbstsicher sie war. Während Claire ihre Gedanken in den Geist der jungen Frau sandte und die Erinnerungen an den Überfall auslöschte, bemerkte er, wie ihre Fingernägel zu Klauen wurden. Wunderschöne, tödliche Klauen. Klauen, mit denen sie immer tiefe Schnitte in seinem Rücken hinterließ, wenn sie sich liebten. Nur daran zu denken, machte ihn hart.

„Sie ist bereit", kündigte Claire an und schnitt sich mit ihrer Klaue in den Zeigefinger, bevor sie den blutenden Finger an die Lippen der Frau brachte, um sie davon trinken zu lassen.

Während sie der Frau ihr vampirisches Blut gab, schaute sie über ihre Schulter. „Ich bin immer noch fasziniert von der Heilkraft unseres Blutes. Kannst du dir die Wunden und Krankheiten vorstellen, die wir damit heilen könnten?"

Jake schüttelte leicht den Kopf. Er überließ es Claire, der gute Samariter zu sein. „Wenn Menschen von unserer Existenz wüssten und wozu unser Blut fähig ist, würden sie uns bis ans Ende der Welt jagen."

Claire zeigte auf den Ausgang der Gasse. „Du hast die Erinnerungen dieses Mannes nicht ausgelöscht. Was lässt dich glauben, dass er nicht jedem erzählt, dass er von einem Vampir angegriffen wurde?"

„Er ist zu sehr damit beschäftigt, sich nicht in die Hose zu machen und sich ständig umzusehen, um auch nur ein Wort über die Geschehnisse von heute Nacht zu verlieren. Ich kenne diesen Typ Mensch. Sie jagen die Schwachen. Er wird nicht reden."

„Nein, wird er nicht. Dafür habe ich gesorgt."

Jake sprang auf und wirbelte gleichzeitig

herum. Seine Hände waren schon in seiner Jackentasche, um einen Pflock herauszuziehen. Adrenalin pumpte in ihm – denn der Mann, der gerade gesprochen hatte, war zweifellos ein Vampir.

Im Lichtschein der Hauptstraße stand der Fremde am Eingang zu der Gasse. Instinktiv wappnete sich Jake. Er war nicht nur dafür verantwortlich, Claire zu beschützen, sondern auch die junge Frau, um die sie sich gerade kümmerten.

Der Fremde bewegte sich mit stetem Schritt auf sie zu. Als er näher kam, nahm Jake eine Verteidigungshaltung ein und machte sich bereit. Denn es würde ohne Zweifel zum Kampf kommen, weil er jetzt, wo er das Gesicht des Mannes sehen konnte, wusste, dass dieser kein Schwächling war: Obwohl der Pferdeschwanz aus langem dunkelbraunem Haar vielleicht den Eindruck vermitteln mochte, dass der Kerl ziemlich gelassen war, ließ die lange Narbe, die von einem Ohr bis zu seinem Kinn reichte, etwas anderes vermuten. Dieser Vampir würde nicht vor einem Kampf zurückschrecken: Seine Narbe wies darauf hin, dass er auch als Mensch tapfer gekämpft hatte.

„Bring die Frau in Sicherheit, Claire", murmelte Jake und drehte leicht den Kopf.

Aber Claire war schon aufgesprungen. „Ich weiche dir nicht von der Seite."

„Verdammt, tu, was ich dir sage."

„Ich schlage vor, sie bleibt, wo sie ist. Der Mensch ebenfalls", sagte der Vampir, der auf sie zukam und seine Arme ausbreitete. „Meine Freunde können sich um sie kümmern."

Von hinter ihm erschienen zwei weitere Männer, die nun auf sie zugingen.

„Scheiße!", fluchte Jake. Den mit der Narbe hätte er vielleicht besiegen können, aber noch zwei weitere? Wäre er alleine, würde er nicht zögern, aber er musste an Claires Sicherheit denken, genauso wie an die der menschlichen Frau.

Er hob sein Kinn. „Haben du und deine Freunde den Mann getötet?"

Ein Mundwinkel des Narben-Vampirs zog sich zu einem Grinsen hoch. „Sehe ich so aus, als würde ich zum Spaß töten?"

„Tust du." Genauso wie die zwei anderen,

deren Gesichter er jetzt ebenfalls deutlich sehen konnte.

Beide Männer waren groß. Während der auf der linken Seite schlank und kahlköpfig war und ein böses Grinsen aufgesetzt hatte, war der andere wie ein Panzer gebaut und trug schulterlanges schwarzes Haar.

Der Panzer lachte leise. „Gabriel, du solltest keine solchen Fragen stellen. Du machst dem Kerl nur Angst."

Gabriel, der mit der Narbe, warf einen flüchtigen Blick über seine Schulter. „Schnauze, Amaury. Kommen wir zum Geschäft."

„Ich kümmere mich um den Menschen", bot der kahle Vampir an.

Amaury, der Panzer, zog eine Augenbraue hoch. „Wirklich, Zane?" Er schüttelte grinsend den Kopf. „Die wirst du nur zu Tode erschrecken. Du hast kein Einfühlungsvermögen, wenn es um Frauen geht. Ich kann das besser."

„Niemand rührt die Frau an", knurrte Jake und machte einen Schritt auf die drei Männer zu. „Sie steht unter meinem Schutz."

„Und unter meinem!", meldete sich Claire zu Wort und stellte sich Schulter an Schulter neben ihn.

„Verdammt, Claire!" Konnte diese Frau nicht ein einziges Mal auf ihn hören und sich in Sicherheit bringen, wenn er sie darum bat?

„Sieht so aus, als könnte er nicht einmal seine eigene Frau kontrollieren", bemerkte Zane, der Kahle. „Gabriel, bist du dir sicher?"

„Ich bin mir sicher." Gabriel ließ seine Augen über Claire und dann wieder über ihn wandern. „Wir haben die letzten Nächte hinter euch aufgeräumt."

„Aufgeräumt? Du meinst, die Kriminellen getötet, denen ich eine Lektion erteilt habe?"

„Das habe ich nicht gesagt." Gabriel, der offensichtlich der Anführer der drei war, wechselte einen Blick mit seinen zwei Gefährten. „Da du es nicht für notwendig erachtet hast, ihr Gedächtnis zu löschen, habe ich das für dich übernommen. Und das nervt mich langsam. Also dachten wir, dass wir dich zu uns holen. Und dir die Regeln erklären."

„Zu euch holen?" Jakes setzte eine düstere

Miene auf. „Nur über meinen verkohlten Körper."

„Definitiv stur", warf Amaury ein. „Ich mag ihn."

Mit gerunzelter Stirn warf ihm Jake einen Blick zu. „Tja, ich mag euch aber nicht. Keinen von euch."

„Was für eine Schande", knurrte Zane, „und ich dachte mir, wir könnten beste Freunde werden."

„Unwahrscheinlich!" Er bezweifelte, dass Zane zu Freundschaft fähig war. Der Kerl verströmte eine Aura des Bösen.

„Vielleicht hatten wir einen schlechten Start", sagte Gabriel ruhig. „Ich glaube, dass eine Vorstellung angebracht wäre. Ich bin Gabriel Giles." Er zeigte auf den Panzer. „Darf ich euch meine Kollegen vorstellen: Amaury –" Dann zeigte er auf den Kahlen. „– und Zane. Wir sind Bodyguards."

„Bodyguards? Ihr wollt mich wohl verscheißern." Wer hatte schon mal davon gehört, dass Vampire Bodyguards waren?

Gabriel nickte. „Wir arbeiten für eine Firma namens Scanguards."

Jake zuckte mit den Schultern. „Nie davon gehört."

„So soll es auch sein. Wir machen nicht unbedingt Werbung für unsere Dienste."

Ungeduldig fragte Jake: „Was wollt ihr?"

Gabriel neigte den Kopf in Richtung der Sterblichen. Sofort hob Jake die Hand, packte den Pflock fester und knurrte.

„Hitziges Gemüt", warf Zane ein. „Gefällt mir."

Gabriel ignorierte den Kommentar seines Kollegen und machte eine beruhigende Handbewegung. „Du verstehst mich falsch. Ich will die Frau nicht. Aber mir gefällt, dass ihr sie beschützt. Genauso wie du und deine Frau anderen Menschen geholfen habt. Deshalb wollte ich mit dir reden."

„Das ist ein Trick, oder? Ihr wollt, dass ich mich entspanne, damit ihr mich und Claire und dann die Sterbliche töten könnt."

Gabriel schüttelte den Kopf.

„Nicht gerade der Hellste", meinte Zane.

Gabriel warf ihm einen verärgerten Blick zu. „Du bist keine Hilfe."

„Ich war mir nicht bewusst, dass ich helfen sollte."

„Entschuldige meinen Partner. Zane hat leider Schwierigkeiten, neue Leute zu akzeptieren, die wir anstellen wollen."

Hatte er richtig gehört? „Anstellen?"

„Ja. Wir können die steigende Auftragslage mit unserer gegenwärtigen Mitarbeiterzahl nicht bewältigen. Samson, unser Boss, hat uns damit beauftragt, gleichgesinnte Vampire zu rekrutieren."

Konnte das wirklich stimmen? „Gleichgesinnte?", ertappte er sich zu fragen.

Amaury klopfte Gabriel auf die Schulter und grinste. „Ja, weißt du, knuddelige, flauschige Vampire wie wir –" Bei diesen Worten zeigte er auf Zane und Gabriel. „– die sicherstellen, dass das Verbrechen nicht überhand nimmt. Wir brauchen Kerle wir dich, die uns helfen, die Unschuldigen zu beschützen." Er hielt einen Moment inne. „Die Bezahlung ist auch nicht übel."

Jake wechselte einen Blick mit Claire, die genauso überrascht wirkte wie er. Dann starrte er wieder auf die drei Vampire. „Ihr seid hier, um mich anzuwerben?"

Gabriel nickte. „Willst du den Job? Du wirst für das bezahlt, was du momentan sowieso machst. Die Straßen von Manhattan zu patrouillieren und die Unschuldigen zu beschützen. Es wird auch andere Aufträge geben. Wir arbeiten für Politiker, Stars, jeden, der sich unsere Dienste leisten kann."

Das klang immer besser. Er packte Claires Hand und blickte sie an. „Ich arbeite nur im Team."

„Du wirst ein Team bekommen", versicherte ihm Gabriel.

„Claire ist meine Partnerin. Wir kommen nur im Paket. Stellst du mich ein, dann stellst du auch sie ein."

„Nur, weil sie deine Liebhaberin ist –"

„Sie ist die Frau, die ich liebe", unterbrach er Gabriel.

Gabriel wechselte einen Blick mit seinen beiden Partnern, während Claire an seiner Hand zerrte, damit er sie ansah.

„Du liebst mich?", murmelte sie.

Er neigte sich zu ihr. „Mehr als mein Leben.

Und das hätte ich dir schon lange sagen sollen."

Plötzlich lagen ihre Arme um seinen Hals und ihre Lippen strichen gegen seine. „Ich liebe dich, Jake."

Er nahm ihre Lippen in einem leidenschaftlichen Kuss gefangen.

„Das ist ja einfach toll", grummelte Zane. „Weißt du, Gabriel, wenn du darauf bestehst, beide anzuheuern, musst du Regeln aufstellen, dass Knutschen bei der Arbeit nicht erlaubt ist."

Jake ließ von Claires Lippen ab und wandte sich wieder zu den drei Männern von Scanguards.

Gabriel blickte ihn an. „Okay, ihr habt beide einen Job bei uns, aber es wird Regeln geben. Verstanden?"

„Verstanden."

„Gut, dann schicken wir die menschliche Frau auf den Weg und bringen euch ins Scanguards Hauptquartier und stellen euch Samson vor." Gabriel näherte sich ihm mit ein paar langen Schritten und bot ihm die Hand an. „Willkommen bei Scanguards, Jake."

Jake schüttelte Gabriels Hand. Jetzt war alles in seinem Leben perfekt. Claire liebte ihn und er liebte sie. Und jetzt war er Teil einer Gruppe von Vampiren, die es sich zur Aufgabe gemacht hatte, Gutes zu tun.

Was könnte es Besseres geben?

Lesereihenfolge der Scanguards Vampire & Hüter der Nacht

Scanguards Vampire

Novelle: Brennender Wunsch
Band 1 - Samsons Sterbliche Geliebte
Band 2 - Amaurys Hitzköpfige Rebellin
Band 3 - Gabriels Gefährtin
Band 4 - Yvettes Verzauberung
Band 5 - Zanes Erlösung
Band 6 - Quinns Unendliche Liebe
Band 7 – Olivers Versuchung
Band 8 – Thomas' Entscheidung
Band 8 1/2 – Ewiger Biss
Band 9 – Cains Geheimnis

20 Jahre vergehen

Band 10 – Luthers Rückkehr
Band 11 – Blakes Versprechen
Band 11 1/2 – Schicksalhafter Bund

Zur gleichen Zeit

Hüter der Nacht

Band 1 – Geliebter Unsichtbarer

Als Nächstes

Band 2 – Entfesselter Bodyguard
Band 3 – Vertrauter Hexer

Als Nächstes

Band 12 – Johns Sehnsucht

Als Nächstes

Band 4 – Verbotener Beschützer
Band 5 – Verlockender Unsterblicher
Band 6 – Übersinnlicher Retter
Band 7 – Unwiderstehlicher Dämon

8 Jahre vergehen

Scanguards Hybriden

Die Bände in der Scanguards Hybriden Serie werden zusätzlich auch in der Scanguards Vampir Serie nummeriert. (SV Band 13 = SH Band 1)

Band 1 (SV 13) – Ryders Rhapsodie
Band 2 (SV 14) – Damians Eroberung
Band 3 (SV 15) – Graysons Herausforderung
Band 4 (SV 16) – Isabelles Verbotene Liebe

Über die Autorin

Tina Folsom ist gebürtige Deutsche und lebt schon seit über 25 Jahren im englischsprachigen Ausland, seit 2001 in Kalifornien, wo sie mit einem Amerikaner verheiratet ist.

Mittlerweile hat sie 50 Bücher in Englisch sowie Dutzende in anderen Sprachen herausgegeben.

https://tinawritesromance.com/deutscheleser/
tina@tinawritesromance.com

facebook.com/TinaFolsomFans
instagram.com/authortinafolsom
youtube.com/TinaFolsomAuthor

www.ingramcontent.com/pod-product-compliance
Lightning Source LLC
LaVergne TN
LVHW040135080526
838202LV00042B/2912